Luigi Pirandello

Il giuoco delle parti

Texte et illustration de couverture : © domaine public
Edition : Culturea (Hérault, 34)
Contact : infos@culturea.fr
Retrouvez notre catalogue sur http://culturea.fr
Imprimé en Allemagne par Books on Demand
Design typographique : Derek Murphy
Layout : Reedsy (https://reedsy.com/)

Dépôt légal : janvier 2023

ISBN : 9791041844197

PERSONAGGI

LEONE GALA

SILIA, sua moglie

GUIDO VENANZI

Il dottor SPIGA

FILIPPO, detto SOCRATE, servo di Leone Gala

BARELLI

Il marchesino MIGLIORITI

PRIMO SIGNORE UBRIACO

SECONDO SIGNORE UBRIACO

TERZO SIGNORE UBRIACO

CLARA, cameriera di Silia

Signori e Signore dei piani di sotto e di sopra

In una città qualunque. Oggi.

ATTO PRIMO

Salotto in casa di Silia Gala, bizzarramente addobbato. In fondo, grande porta vetrata olandese, di vetri rossi scompartiti su intelajatura bianca che s'apre su due bande, scorrendo di qua e di là entro la parete. Aperta, lascia scorgere di là il salotto da pranzo. - La comune è nella parete sinistra, dove è anche una finestra. Nella parete di destra é un camino; sulla mensola di esso, un orologio di bronzo. Presso il camino, un uscio.

Scena prima

Silia Gala, Guido Venanzi.

Al levarsi della tela, la vetrata in fondo è aperta. Guido Venanzi, in abito da sera, è nel salotto da pranzo, in piedi presso la tavola, su cui si scorge una rosoliera d'argento con varie bottiglie entro gli anelli in fila. Silia, in una lieve vestaglia scollata, è nel salotto; quasi aggruppata su una poltrona, assorta.

GUIDO (offrendo dal salotto da pranzo) "Chartreuse"?

Aspetta la risposta. E poiché Silia non risponde:

"Anisette"?

c.s.

"Cognac"?

c.s.

Insomma? a mio gusto?

Versa un bicchierino d'anisette e viene a porgerlo a Silia.

Ecco

SILIA (lo lascia aspettare senza scomporsi dal suo atteggiamento; poi, scrollandosi per il fastidio di verselo lì accanto con quel bicchierino in mano) Ufff!

GUIDO (subito, allo sbuffo, bevendo lui d'un tratto il bicchierino e poi inchinandosi) E grazie dell'incomodo! Non ne avevo proprio nessuna voglia, per me.

Va a posare il bicchierino di là - siede - si volta a guardar Silia che s'è ricomposta nel primo atteggiamento, e dice:

Potessi almeno sapere che cos'hai!

SILIA Se tu, in questo momento, mi credi qua...

GUIDO Ah! non sei qua? Sei fuori?

SILIA (smaniosamente) Fuori, sì! fuori! fuori!

GUIDO (piano, dopo una pausa, come a se stesso) E dunque io qua sono solo. Benissimo. Potrei, come un ladro, approfittarmi di quello che vi trovo.

Si alza, finge di cercare intorno, le s'appressa come se non la vedesse; poi, fermandosi, con finta meraviglia:

Oh! guarda... e che cos'è? Il tuo corpo lasciato qua, su questa poltrona? Ah, me lo prendo subito!

Fa per abbracciarla.

SILIA (balzando in piedi e respingendolo) Finiscila! T'ho detto no! no! no!

GUIDO Peccato! Sei già tornata a casa. Ha ragione tuo marito quando dice che il nostro fuori è sempre dentro di noi.

SILIA È la quarta o quinta volta, ti faccio osservare, che mi parli di lui, questa sera.

GUIDO Mi pare che sia l'unico mezzo che riesca a farmi parlare con te.

SILIA No, caro: a rèndermiti più insoffribile!

GUIDO Grazie.

SILIA (dopo una lunga pausa, con un sospiro, come se parlasse tanto lontana da sé) Lo vedevo così bene!

GUIDO Che cosa?

SILIA Forse l'ho detto... Ma così preciso... tutto... Con quel sorriso per niente...

GUIDO Chi?

SILIA Mentre faceva... non so... le mani non gliele vedevo... Ma è un mestiere che fanno lì le donne, mentre gli uomini pescano. Vicino l'Islanda, sì... certe isolette.

GUIDO Ti sognavi... l'Islanda?

SILIA Mah!... Vado così... vado così!

muove le dita, per significare, in aria, con la fantasia.

Pausa - poi di nuovo smaniosamente:

Deve finire! deve finire!

Quasi aggressiva:

Capisci che così non può più durare?

GUIDO Dici per me?

SILIA Dico per me!

GUIDO Già, ma... per te vuol dire per me?

SILIA (con fastidio) Oh Dio! Tu vedi sempre piccolo. La tua persona. Te, in ballo. Tutto circoscritto, definito. Per te, scommetto, la geografia è ancora il libro su cui da ragazzo la studiavi.

GUIDO (stordito) La geografia?

SILIA Nomi da imparare a memoria, sì, per la lezione che il professore t'assegnava!

GUIDO Ah già, che supplizio!

SILIA Ma fiumi, montagne, paesi, isole, continenti, ci sono davvero, sai?

GUIDO Eh... grazie...

SILIA Mentre noi siamo qua, in questa stanza - ci sono, e ci si vive!

GUIDO (come se tutto a un tratto gli si facesse lume) Ah, forse vorresti... viaggiare?

SILIA Ecco qua: io... tu... viaggiare... Dico perché tu veda un po' fuori di te... largo... Tanta vita diversa da questa che io non posso più soffrire, qua. - Sòffoco!

GUIDO Ma che vita vorresti, scusa?

SILIA Non lo so! Una qualunque... non così! Ah Dio, un alito... almeno un alito di speranza, che mi schiudesse appena appena, nell'avvenire, uno spiraglio! Ti giuro che me ne resterei ferma, qua, a respirare soltanto il refrigerio di questa speranza, senza correre ad affacciarmi alla finestra a vedere che cosa c'è di là per me!

GUIDO Come se fossi in una carcere!

SILIA Ma sono, in una carcere!

GUIDO E chi ti ci tiene?

SILIA Tu... tutti... io stessa... questo mio corpo, quando mi dimentico che è di donna, e nossignori, non me ne debbo mai dimenticare, dal modo come tutti mi guardano... come sono fatta... Me ne scordo... chi ci pensa?... guardo... Ed ecco, tutt'a un tratto, certi occhi... Oh Dio! scoppio a ridere, tante volte... Ma già, dico tra me. Davvero, io sono donna, sono donna...

GUIDO E mi pare, scusa, che non avresti ragione di lagnartene.

SILIA Già, perché... piaccio.

Pausa. Poi:

Resterebbe da vedere quanto in questo poi c'entri anche il mio piacere, d'esser donna, quando non vorrei.

GUIDO (lento, staccato) Come questa sera.

SILIA Il gusto, d'esser donna, non l'ho provato mai.

GUIDO Neanche per far soffrire un uomo?

SILIA Ah, forse per questo sì, spesso.

GUIDO (c.s.) Come questa sera.

Pausa.

SILIA (dopo essere rimasta un po' assorta, con angoscia esasperata) Ma la propria vita... quella che nessuno confida, neanche a se stesso!

GUIDO Come dici?

SILIA Non t'è mai avvenuto di scoprirti improvvisamente in uno specchio, mentre stai vivendo senza pensarti, che la tua stessa immagine ti sembra quella d'un estraneo, che subito ti turba, ti sconcerta, ti guasta tutto, richiamandoti a te, che so, per rialzarti una ciocca di capelli che t'è scivolata sulla fronte?

GUIDO Ebbene?

SILIA Questo maledetto specchio, che sono gli occhi degli altri, e i nostri stessi, quando non ci servono per guardare gli altri, ma per vederci, come ci conviene vivere... come dobbiamo vivere... Io non ne posso più!

Pausa.

GUIDO (appressandosi) Vuoi che ti dica sinceramente perché tu smanii così?

SILIA (pronta, recisa) Perché tu mi stai davanti.

GUIDO (restando male) Ah, grazie. Allora, me ne vado?

SILIA (subito) Faresti bene, faresti bene.

GUIDO (dolente) Ma perché, Silia?

SILIA Perché non voglio che...

GUIDO (interrompendo) No, dico... mi tratti così male?

SILIA Non ti tratto male! Voglio che non ti si veda troppo qua, ecco.

GUIDO Ma che troppo! Se non vengo quasi mai! Sarà più d'una settimana dall'ultima volta, scusa. Si vede che per te il tempo passa troppo presto.

SILIA Presto? un'eternità!

GUIDO E allora dici che, nella tua vita, io, non ci sono.

7

SILIA (infastidita) Oh Dio, Guido, per carità...

GUIDO T'ho aspettata ogni giorno! Non ti fai più vedere...

SILIA Ma che vuoi vedere! Non vedi come sono?

GUIDO Perché non sai tu stessa quello che vuoi... e invochi, così, senza saper quale, una speranza che t'apra uno spiraglio nell'avvenire.

SILIA Già, perché, secondo te, dovrei andarci con un filo tra le dita, io, verso l'avvenire, a prender le misure: tanto posso volerlo, e di più no: come per i mobili, quando si va in una casa nuova.

GUIDO Se ti fa piacere credermi un pedante...

SILIA Ma sì, caro! Mi sembra uno sbadiglio tutto quello che mi dici.

GUIDO Grazie.

SILIA Vorresti farmi capire che ho avuto tutto quello che potevo volere, e che ora smanio così (lo dici tu) perché vorrei l'impossibile, è vero? Non è saggio. Eh, lo so... Ma che vuoi farci? Voglio l'impossibile!

GUIDO Ma per esempio?

SILIA Per esempio... Ma che ho avuto io, mi sai tu dire che ho avuto, di che dovrei contentarmi?

GUIDO Ma io non dico neanche contentarti, se non te ne contenti...

SILIA E che dici allora?

GUIDO È questione di misura, contentarsi. Uno si contenta di tanto,

fa segno col pollice sul mignolo.

un altro ha tutto e non se ne contenta.

SILIA Io ho tutto?

GUIDO No... dico...

SILIA Spiègati!

GUIDO Ma spiega tu piuttosto, che altro vorresti?

SILIA (come se parlasse lui) Ricca... padrona di me... libera...

A un tratto cangiando e infiammandosi:

Ma non hai ancora capito che questa è stata la sua vendetta?

GUIDO Per causa tua! Perché tu non sai approfittarti della libertà che egli t'ha data -

SILIA - di lasciarmi amare da te, o da un altro... di starmene qua, o altrove, libera, liberissima... (c.s.) Ma se non sono mai io!

GUIDO Come non sei tu?

SILIA Io, libera di disporre di me, come se non ci fosse nessuno!

GUIDO E chi c'è?

SILIA Lui! Io vedo sempre lui che me l'ha data, questa libertà, come una cosa da nulla, andandosene a vivere per conto suo, e dopo avermi dimostrato tre anni, che non esiste, questa famosa libertà, perché, comunque possa avvalermene, sarò sempre schiava... anche di quella sua seggiola là, guarda! che mi sta davanti come qualche cosa che vuol essere una sua seggiola, e non una cosa per me, fatta perché io ci segga!

GUIDO Ma questa è una fissazione, scusa!

SILIA Io ho l'incubo di quest'uomo!

GUIDO Non lo vedi mai!

SILIA Ma c'è! c'è! E l'incubo non mi passerà mai, finché so ch'egli c'è! Ah Dio, morisse!

GUIDO Scusa, non seguita a venire, sì e no, la sera, per una mezz'oretta soltanto?

SILIA Non viene neanche più! Mentre è nei patti che deve venire, deve venire da me ogni sera, per mezz'ora. Ogni sera!

GUIDO E viene difatti. Non sale. Ti fa domandare dalla cameriera se non c'è nulla di nuovo...

SILIA Nossignore. Deve salire, deve salire. E deve stare qua, mezz'ora, ogni sera, com'è nei patti.

GUIDO Scusa... se dici...

SILIA Che cosa? Ti sembra un'altra contraddizione?

GUIDO Hai detto che per te è un incubo!

SILIA Ma io dico che ci sia, che viva, questo è l'incubo per me! Non è mica il suo corpo... Che io lo veda, anzi, è meglio. E apposta lui non si fa più vedere, perché lo sa. Mi si presenta... è lì seduto... come un altro... non più brutto, né più bello d'un altro; gli vedo gli occhi, come li ha... che non mi sono mai piaciuti (Dio! odiosi... acuti come due aghi e vani nello stesso tempo), sento il suono della sua voce che mi dà ai nervi... e posso anche godere del fastidio che gli ho cagionato, d'esser salito per nulla.

GUIDO Non credo.

SILIA Che cosa non credi?

GUIDO Che sia capace di provar fastidio.

SILIA Ah, lo sai dire? Ma è questo! Io rimango per ore e ore schiacciata dal pensiero che un uomo come quello può esistere, quasi fuori della vita e come un incubo sulla vita degli altri. Guarda tutti dall'alto, lui, vestito da cuoco, da cuoco, signori miei! Guarda e capisce tutto, punto per punto, ogni mossa, ogni gesto, facendoti prevedere con lo sguardo l'atto che or ora farai, così che tu, sapendolo, non provi più nessun gusto a farlo. M'ha paralizzata, quest'uomo! Io non ho più in me che un pensiero che farnetica di continuo! come levarmelo davanti; come liberarne, non me soltanto, ma tutti.

GUIDO Oh va'!

SILIA Ti giuro!

Si sente picchiare alla comune.

Scena seconda

Clara, detti.

CLARA Permesso?

SILIA Avanti.

CLARA (presentandosi sull'uscio) Il signore ha sonato dal cortile.

SILIA Ah, eccolo!

CLARA (seguitando) Vuol sapere se non c'è nulla di nuovo.

SILIA Sì. Digli che salga! Digli che salga!

CLARA Subito.

Esce.

GUIDO Ma perché, scusa, giusto questa sera che ci sono io?

SILIA Appunto per questo!

GUIDO No!

SILIA Sì! Per punirti d'esser venuto! E te lo lascio qua... Io mi ritiro...

S'avvia per l'uscio a destra.

GUIDO (correndo a trattenerla) No... per carità. Sei pazza?... Ma che dirà?

SILIA Che vuoi che dica?

GUIDO No... senti... È tardi...

SILIA Tanto meglio!

10

GUIDO Ma no! no, Silia! Tu vuoi proprio cimentarlo... È una pazzia!

SILIA (svincolandosi) Non voglio vederlo!

GUIDO Ma nemmeno io, scusa!

SILIA Lo riceverai tu.

GUIDO Ah no, grazie! Non mi faccio trovare nemmeno io, sai!

Silia si ritira per l'uscio a destra, e contemporaneamente Guido scappa nel salotto da pranzo. richiudendo la vetrata.

Scena terza

Leone Gala, poi Guido Venanzi, infine Silia.

LEONE (dietro l'uscio a sinistra) Permesso?

Aprendo l'uscio e sporgendo il capo:

Per me...

S'interrompe, vedendo che non c'è nessuno.

Ah...

Guarda intorno.

bene bene...

Cancella subito dal viso la sorpresa; cava dal taschino l'orologio; lo guarda; si reca verso la mensola del camino; apre il vetro del quadrante dell'orologio di bronzo e aggiusta le lancette fino a far scoccare dalla soneria due tocchi; si rimette nel taschino l'orologio e va a sedere placido, impassibile, in attesa che passi la mezz'ora del patto.

Dopo una breve pausa si ode dall'interno del salotto da pranzo, attraverso la vetrata, un bisbiglio confuso. E' Silia che spinge di là Guido a entrare nel salotto. Leone non si volta nemmeno a guardare verso la vetrata. Poco dopo, una banda di questa si apre, e Guido vien fuori.

GUIDO Oh, Leone... Ero qua, a bere un bicchierino di "chartreuse".

LEONE Alle dieci e mezzo?

GUIDO Già... difatti... ma stavo per andare...

LEONE Non dico per questo. Verde o gialla, la "Chartreuse"?

GUIDO Ma... non ricordo... verde, mi pare...

LEONE Verso le due, tu sognerai di schiacciare tra i denti una lucertola.

GUIDO (con una smorfia di ribrezzo) No... ih! che dici?

LEONE Positivo. Effetto dei liquori bevuti a una cert'ora dopo il pasto

Pausa.

Silia?

GUIDO (impacciato) Mah... era di là, con me.

LEONE E dov'è adesso?

GUIDO Non so... Mi... mi ha fatto venire qua, sentendo che tu eri entrato. Forse ora verrà.

LEONE C'è qualche cosa di nuovo?

GUIDO No... ch'io sappia...

LEONE E allora perché m'ha fatto salire?

GUIDO Stavo per licenziarmi, quando è entrata la cameriera ad annunziare che tu... non so, avevi sonato dal cortile.

LEONE Come faccio ogni sera.

GUIDO Già, ma... pare che voglia che tu salga...

LEONE L'ha detto?

GUIDO Sì sì, l'ha detto.

LEONE Stizzita?

GUIDO Un po', sì, perché... credo che... non so, dev'esser nei patti stabiliti tra voi due, quando elegantissimamente...

LEONE Lascia star l'eleganza!

GUIDO Voglio dire, senza scandali...

LEONE Scandali? E perché?

GUIDO Senza procedure legali...

LEONE Inutili!

GUIDO Senza liti, insomma, vi siete separati.

LEONE E che liti volevi che avvenissero con me? Ho dato sempre ragione a tutti.

GUIDO Già. È difatti una tua invidiabile prerogativa, questa. Forse però... lasciamelo dire, eccedi un po'...

LEONE Ti pare che ecceda?

GUIDO Sì, perché, vedi? tante volte tu...

Lo guarda e s'impunta.

LEONE Io?

GUIDO Tu sconcerti.

LEONE Oh bella! Io sconcerto? Chi sconcerto?

GUIDO Sconcerti, perché... far tutto, sempre, a modo degli altri... come vogliono gli altri... Scommetto che se tua moglie ti diceva: "Litighiamo!"

LEONE Io le rispondevo: "Litighiamo!"

GUIDO Tua moglie ti disse: "Separiamoci!"

LEONE E io le risposi: "Separiamoci!"

GUIDO Vedi? Se tua moglie ti avesse allora gridato. "Ma così non possiamo litigare!"

LEONE Io le avrei risposto: "E allora, cara, non litighiamo!"

GUIDO E non comprendi che tutto questo, per forza, sconcerta? Perché, fare come se tu non ci fossi... capirai, per quanto uno faccia, poi, a un certo punto, si... si resta come trattenuti... impacciati... perché... perché è inutile... tu poi ci sei!

LEONE Già.

Pausa.

Ci sono.

Pausa. Con altro tono:

Non dovrei esserci?

GUIDO No, Dio mio, non dico questo!

LEONE Ma sì, caro! Non dovrei esserci. T'assicuro però che mi sforzo, quanto più posso, d'esserci il meno possibile, e non solo per gli altri, ma anche per me stesso. La colpa è del fatto, caro mio! Sono nato. E quando un fatto è fatto, resta là, come una prigione per te. Io ci sono. Ne dovrebbero tener conto gli altri, almeno per quel poco, di cui non posso fare a meno, dico d'esserci. L'ho sposata; o, per esser più giusti, mi son lasciato sposare. Fatto, anche questo: prigione! Che vuoi farci? Quasi subito dopo, lei si mise a sbuffare, a smaniare, a contorcersi rabbiosamente per evadere... e io... t'assicuro, Guido, che ne ho molto sofferto... S'è trovata poi questa soluzione Le ho lasciato qua tutto, portandomi via soltanto i miei libri e le mie stoviglie di cucina (cose, come sai,

13

per me inseparabili). Ma capisco che è inutile: nominalmente, la parte assegnatami da un fatto che non si può distruggere, resta: sono il marito. Anche di questo, forse, si dovrebbe tenere un po' di conto. Mah! Sai come sono i ciechi, mio caro?

GUIDO I ciechi?

LEONE Non sono mai accanto alle cose. Di' a un cieco, che vada cercando a tasto una cosa: L'hai costì accanto! le si volta subito contro. E così è quella benedetta donna! Mai accanto; sempre contro!

Pausa; guarda verso la vetrata; poi:

Pare che non voglia venire...

Cava l'orologio dal taschino; vede che la mezz'ora non è ancora passata: lo ripone.

Non sai, se avesse in mente di dirmi qualche cosa?

GUIDO No... niente, mi pare...

LEONE E allora, il gusto di...

Compie la frase in un gesto che significa: "noi due".

GUIDO (non comprendendo) Come dici?

LEONE Sì, il gusto di tener noi due così, uno di fronte all'altro...

GUIDO Forse suppone che io -

LEONE - te ne sii già andato?

Fa segno di no col dito.

Entrerebbe.

GUIDO (facendo atto d'andarsene) Ah, ma allora...

LEONE (subito trattenendolo) No, ti prego. Vado via io a momenti. Se sai che non aveva nulla da dirmi...

Pausa. Alzandosi.

Ah, triste cosa, caro mio, quando uno ha capito il giuoco!

GUIDO Che giuoco?

LEONE Mah... anche questo qua. Tutto il giuoco! Quello della vita.

GUIDO Tu l'hai capito?

LEONE Da un pezzo. E anche il rimedio per salvarsi.

14

GUIDO Se tu me l'insegnassi!

LEONE Eh, caro. Non è rimedio per te. Per salvarsi, bisogna sapersi difendere. Ma è una certa difesa... dirò, disperata, che tu forse non puoi neanche intendere.

GUIDO Come sarebbe, disperata? Accanita?

LEONE No, no, disperata, caro, nel senso d'una vera e propria disperazione, ma pur tuttavia senza neanche un'ombra d'amarezza per questo.

GUIDO E che difesa, allora, scusa?

LEONE La più ferma, la più immobile, appunto perché nessuna speranza più t'induce a piegarti verso una, sia pur minima, concessione ne agli altri né a te stesso.

GUIDO Non capisco. E la chiami difesa? Difesa di che cosa, se dev'esser così?

LEONE (lo guarda un tratto severo e fosco; poi, dominandosi e quasi riassorbendosi in una impenetrabile serenità) Di niente, in te, se in te riesci, come sono riuscito io, a non aver più nulla. Che vuoi difendere? Difenderti, io dico! Dagli altri, e soprattutto da te stesso; dal male che la vita fa a tutti, inevitabilmente; quello che io mi son fatto per lei

indica di nuovo la vetrata, dietro alla quale suppone che Silia sia nascosta.

tant'anni! quello che io faccio a lei, anche così del tutto isolato come mi tengo. quello che tu fai a me...

GUIDO Io?

LEONE Ma sì, inevitabilmente.

Spiandolo negli occhi.

Credi di non farmi nessun male tu?

GUIDO (smorendo) Mah... ch'io sappia...

LEONE (per rinfrancarlo) Oh, anche senza saperlo, mio caro! Tu mangi carne, a tavola. Chi te la dà? Un pollo, o un vitello. Non ci pensi nemmeno. Ce lo facciamo tutti, il male, a vicenda; e ciascuno a se stesso, poi... Per forza! È la vita. Bisogna vuotarsene.

GUIDO Bravo! E che ti resta allora?

LEONE Contentarsi, non più di vivere per sé, ma di guardar vivere gli altri, e anche noi stessi, da fuori, per quel poco che pur si è costretti a vivere.

GUIDO Ah, troppo poco, scusa!

LEONE Sì, ma ti compensa un godimento meraviglioso: il giuoco appunto dell'intelletto che ti chiarifica tutto il torbido dei sentimenti, che ti fissa in linee placide e precise tutto ciò che ti si muove dentro tumultuosamente. Capirai però, che sarebbe molto pericoloso il godimento di questo lucido e tranquillo vuoto che ti fai dentro, perché, tra l'altro, rischierebbe di farti andare come un pallone su tra le nuvole, se tu non ti mettessi anche dentro, con arte e con perfetta misura, una necessaria zavorra.

GUIDO Ah, ecco! Mangiando bene?

LEONE Per ristabilire l'equilibrio; perché tu possa sempre, insomma, restare in piedi come quei buffi giocattoli, che tu puoi buttar come vuoi: ti restan sempre ritti per il loro contrappeso di piombo. Non siamo altro, credi. Ma bisogna saperselo fare, questo vuoto e questo pieno: se no, si resta per terra e nei più goffi atteggiamenti. Insomma, via, la salute è qui: trovare un pernio, caro, il pernio d'un concetto per fissarsi.

GUIDO Ah, no, no! Grazie tante! Non è per me! Non è per me davvero! E non è neppur facile!

LEONE Già. Perché non si trovano belli e fatti in commercio, questi pernii: te li devi fabbricare da te, e non uno solo: tanti! uno per ogni caso, e ben solido, perché il caso, che t'arriva spesso imprevisto e violento, non te lo schianti.

GUIDO Eh! ma quando t'avvengono certi casi, caro mio!

LEONE Ma perciò appunto la cucina! Che il caso ti trovi cuoco, è una gran cosa! Del resto, non è mai il caso... dico non devi mai guardarti dal caso, veramente. Scusa: che vuol dire il caso? Gli altri, o le necessità della natura.

GUIDO Appunto, che possono essere terribili!

LEONE Ma più o meno, a seconda di chi le subisce. E perciò ti dicevo! Tu devi guardarti di te stesso, del sentimento che questo caso suscita subito in te e con cui t'assalta! Immediatamente, ghermirlo e vuotarlo, trarne il concetto, e allora puoi anche giocarci. Guarda, è come se t'arrivasse all'improvviso, non sai da dove, un uovo fresco...

GUIDO Un uovo fresco?

LEONE Un uovo fresco.

GUIDO E se t'arriva invece una palla di piombo?

LEONE Allora ti vuota lei, e non se ne parla più.

GUIDO Ma perché un uovo fresco, scusa?

LEONE Per darti una nuova immagine dei casi e dei concetti. Se non sei pronto a ghermirlo, te ne lascerai cogliere o lo lascerai cadere. Nell'un caso e nell'altro, ti si squacquererà davanti o addosso. Se sei pronto, lo prendi, lo fori, e te lo bevi. Che ti resta in mano?

GUIDO Il guscio vuoto.

LEONE E' questo è il concetto! Lo infilzi nel pernio del tuo spillo e ti diverti a farlo girare, o, lieve lieve ormai, te lo giuochi come una palla di celluloide, da una mano all'altra: là, là e là... poi: paf! lo schiacci tra le mani e lo butti via.

A questo punto, all'improvviso, scoppia dal salotto da pranzo una gran risata di Silia.

SILIA (riparata dietro la banda della vetrata rimasta causa) Ah! ah! ah! Ma non sono mica un guscio vuoto, io, nelle tue mani!

LEONE (subito, voltandosi e appressandosi alla vetrata) Oh no! E tu non mi vieni più addosso, cara, perché io ti prenda, ti fori, e ti beva!

Finisce appena di dir questo, che Silia, senza mostrarsi, gli chiude in faccia l'altra mezza vetrata. Leone resta un po' lì a tentennare il capo: poi riviene avanti. rivolto a Guido:

Ecco un grande svantaggio per me, mio caro. Era una straordinaria scuola d'esperienza per me. È venuta a mancarmi.

Alludendo a Silia di là:

Piena d'infelicità, perché piena di vita. E non d'una sola: di tante. Nessuna però, che riesca a trovare il suo pernio. E non c'è salute, né per lei, né con lei.

GUIDO (assorto, senza rifletterci, tentenna il capo anche lui, malinconicamente).

LEONE Approvi?

GUIDO (riprendendosi) Eh!... sì... perché... è proprio così!

LEONE E forse tu non sai tutta la ricchezza che è in lei... certe cose che ha, che non parrebbero sue, non perché non siano, ma perché tu non vi badi, perché tu la vedi sempre e solamente a quel modo che per te é il vero suo. Ti pare impossibile, per esempio, che possa canticchiare qualche mattina... così... svagata... Eppure canticchia, sai? La sentivo io, certe mattine, da una stanza all'altra. Con una cara vocina trillante, quasi di bimba. Un'altra! Ma ti dico un'altra, non così per dire. Proprio un'altra; e lei non lo sa. Una bimba che vive un minuto e canta, quando lei è assente da sé. E se vedessi come qualche volta resta... così... con una certa luce di brio lontano negli occhi, mentre con due dita che non sanno si tira lentamente i riccioli sulla nuca... Mi sai dire chi è, quando è così? Un'altra lei, che non può vivere, perché ignota a se stessa, perché nessuno le ha mai detto: "Ti voglio così; devi esser così...". C'è il rischio ch'ella ti domandi: "Come?" Tu le rispondi: "Ma com'eri dianzi!" E che ella torni a domandarti: "Com'ero?" "Cantavi..." "Cantavo?" "Sì... e ti stiravi i riccioli sulla nuca... così...". Non lo sa; ti dice che non è vero. Non riconosce affatto se stessa nell'immagine che tu le prospetti di lei come l'hai veduta dianzi, seppure la vedi! perché tu la vedi sempre a un modo, come è per te, e basta. Che pena, caro mio! Ecco una cara, graziosa possibilità d'essere, ch'ella potrebbe avere, e non ha!

Pausa lunga, triste. E nella tristezza del silenzio, l'orologio di bronzo sulla mensola del camino suona le undici.

LEONE (riscuotendosi) Ah, le undici. Salùtamela!

S'avvia frettolosamente, per l'uscio a sinistra.

SILIA (subito, aprendo la vetrata) No... aspetta... aspetta un po'...

LEONE Ah, no, prego: la mezz'ora è passata!

SILIA Ti volevo dar questo!

Gli mette in mano, ridendo, un guscio d'uovo.

LEONE Ah! Ma non l'ho bevuto io! Ecco... guarda...

S'avvicina rapidamente a Guido e glielo dà.

Diamolo a lui!

Guido automaticamente lo prende e resta lì goffo col guscio vuoto in mano, mentre Leone, ridendo forte, se ne va.

Scena quarta

Detti, meno Leone.

SILIA Pagherei la mia stessa vita, perché qualcuno lo ammazzasse!

GUIDO Perdio, in testa glielo voglio tirare!

Corre verso la finestra a sinistra.

SILIA (ridendo) Da', da'... sì! glielo tiro io... glielo tiro io...

GUIDO (dandole il guscio, o piuttosto, lasciandoselo prendere) Ma saprai coglierlo?

SILIA Sì... da' qua!

Si fa alla finestra, si sporge a guardare, attenta e pronta a tirare il guscio:

Come esce dal portone...

GUIDO (dietro a lei) Attenta... attenta...

SILIA (lancia il guscio; e subito, ritraendosi con un grido) Oh Dio!

GUIDO Che hai fatto?

SILIA Dio mio...

GUIDO Hai colto un altro?

SILIA Sì..., ma perché, con l'aria, a un certo punto ha deviato...

GUIDO Sfido! Vuoto... Bisognava saperlo tirare...

SILIA Salgono!

GUIDO Chi?

SILIA Era un crocchio di quattro signori... presso il portone... Come lui è uscito, sono entrati... Forse inquilini.

GUIDO Eh via, dopo tutto...

Profittando dello smarrimento di lei, la abbraccia.

SILIA M'è parso che sia caduto addosso a uno...

GUIDO Ma che vuoi che gli abbia fatto? Un guscio vuoto... Non pensarci più!...

Ricordandosi di ciò che ha detto Leone, ma appassionatamente, senza caricatura:

Ah cara! Tu mi sembri una bambina...

SILIA (stordita) Che dici?

GUIDO Sì, sì.. e ti voglio così... devi essere così...

SILIA (scoppiando a ridere) Ah! ah! ah! Come diceva lui!

GUIDO (senza smarrirsi, con passione, nella voglia sempre più pressante di lei) Sì, ma è vero... è vero... non vedi che in te c'è una bambina folle?

SILIA (alzando le mani sulla faccia di lui, come per graffiarlo) Una tigre!

GUIDO (senza lasciarla) Per lui sì... Ma per me che ti voglio così... una bambina...

SILIA (quasi ridendo) E tu allora uccidimelo!

GUIDO Ma via! Che dici?

SILIA Se sono una bambino, posso anche chiederti questo.

GUIDO (per prestarsi allo scherzo) Perché è proprio come l'orco per te?

SILIA Sì; che mi fa tanta paura. Me lo uccidi? me lo uccidi?

GUIDO (c.s.) Sì, sì, te lo uccido. Ma tu, ora...

SILIA (riluttando) No, no, Guido, ti prego...

GUIDO (ebro di lei) Ma non senti come ti sento? Basta che ti tocchi!

SILIA (c.s., ma languidamente) Ti dico di no...

GUIDO (c.s. trascinandola verso l'uscio a destra) Sì... sì... Via, Silia... Ora non posso lasciarti più...

SILIA Ma no... per carità... lasciami...

GUIDO Come ti lascio? No... Come vuoi che ti lasci più, ora?

SILIA Sai che qui non voglio... C'è la donna...

Si sente picchiare dietro l'uscio a sinistra

ecco, vedi?

GUIDO (spingendola verso l'uscio a sinistra) Va', va' non farla entrare! Io t'aspetto di là.

Via di fretta per l'uscio a destra.

Presto....senti?

Via, richiudendo l'uscio.

Scena quinta

Silia, Clara, Miglioriti e i tre signori ubriachi, poi inquilini dei piani di sopra e di sotto.

Silia va verso l'uscio a sinistra. A un tratto di là dall'uscio si sente la voce di Clara.

CLARA (gridando) Giù le mani! Vadano via! Non sta qui!

L'uscio, spinto dall'interno, s'apre ed entrano rumorosamente il marchesino Miglioriti ubriaco e gli altri tre, tutti in abiti da sera, con Clara che si sforza ancora di impedir loro il passo.

MIGLIORITI (parlando a modo degli ubriachi) Ma via, stupida! Come non sta qui, se eccola là?

PRIMO SIGNORE UBRIACO La cara Pepita!

SECONDO SIGNORE UBRIACO Viva la Spagna!

TERZO SIGNORE UBRIACO E guardate che casa, signori! C'est charmant!

SILIA Ma come! Chi sono? Come sono entrati?

CLARA Di prepotenza! Sono ubriachi!

MIGLIORITI Ma che prepotenza!

PRIMO SIGNORE UBRIACO Che ubriachi!

MIGLIORITI M'ha chiamato lei! M'ha tirato un guscio d'uovo dalla finestra!

SECONDO SIGNORE UBRIACO Siamo quattro gentiluomini!

TERZO SIGNORE UBRIACO (indicando la sala da pranzo, a cui s'avvia) Se qui si offre anche da bere ai signori clienti! Ah! c'est tout à fait délicieux!

SILIA Oh Dio! Ma che vogliono?

CLARA Qua sono in casa d'una signora per bene!

MIGLIORITI Ma lo crediamo, cara Pepita!

SILIA Pepita?

CLARA Sissignora! Quella della casa qui accanto... L'ho detto loro!

SILIA (scoppia a ridere) Ah! ah! ah! ah!

Poi, con una luce sinistra negli occhi, come se le fosse balenata una diabolica idea:

Ma sì, ecco, signori: sono Pepita, sì!

SECONDO SIGNORE UBRIACO Viva la Spagna!

SILIA Sì, sì, s'accomodino, s'accomodino... o se vogliono bere di là col loro amico...

MIGLIORITI No... io... ecco... veramente...

Le si butta quasi addosso per abbracciarla.

SILIA (parandolo) Che cosa?

MIGLIORITI Vorrei prima bermi te!

SILIA Aspetti, aspetti... un momentino...

SECONDO SIGNORE UBRIACO (c.s.) E anch'io, Pepita!

SILIA (difendendosi) Anche lei? Si, ecco... piano!

SECONDO SIGNORE UBRIACO Vogliamo una notte tutta spagnuola.

PRIMO SIGNORE UBRIACO Io per me non ho intenzione, ma...

SILIA Piano... piano... Ecco... prima... qua, buoni... si mettano a sedere...

Li spinge, si fa largo, li accompagna per metterli e sedere;

Così... ecco... bravi... così...

Corre a Clara, e le dice sottovoce:

Va' a chiamar gente subito... sopra, sotto...

Clara annuisce e scappa via.

SILIA Permettano un momento...

Si reca all'uscio di destra, e lo chiude a chiave, per impedire a Guido d'entrare.

MIGLIORITI (provando ad alzarsi) Oh, ma se tu ci hai di là un signore, fai pure con comodo, sai?

SECONDO SIGNORE UBRIACO Sì, sì... noi aspetteremo...

PRIMO SIGNORE UBRIACO Io non ho intenzione... ma...

SILIA Stieno... stieno seduti... Lor signori sono perfettamente in sensi, è vero?

I TRE SIGNORI UBRIACHI - Perfettamente! - Ma come no? - In sensi! In sensi!

SILIA E non hanno il minimo sospetto di trovarsi in casa d'una signora per bene?

TERZO SIGNORE UBRIACO (venendo innanzi, traballando, dal salotto da pranzo con un bicchiere in mano) Oh, oui... mais... n'exagère pas, mon petit chou! Nous voudrions nous amuser un peu... Voilà tout!

SILIA Ma io non ricevo in casa che amici! Se lor signori vogliono essere amici...

SECONDO SIGNORE UBRIACO E come no?

PRIMO SIGNORE UBRIACO Amicissimi!

SILIA Mi favoriscano allora i loro nomi.

SECONDO SIGNORE UBRIACO Io mi chiamo Cocò!

SILIA Ma no... non così...

SECONDO SIGNORE UBRIACO Ti giuro... mi chiamo Cocò!

PRIMO SIGNORE UBRIACO E io Memè!

SILIA Ma no! io dico di favorirmi i loro biglietti da visita.

SECONDO SIGNORE UBRIACO Ah no, no, no... Grazie tante, carina!

PRIMO SIGNORE UBRIACO Io non ce l'ho... Ho perduto il portafogli...

a Miglioriti:

Fa' il piacere, daglielo tu per me...

SILIA (a Miglioriti) Ecco, sì: almeno lei, che è il più buono.

MIGLIORITI (cavando il portafogli) Io non ho difficoltà...

SECONDO SIGNORE UBRIACO Lui glieli può dare per tutti noi... voilà!

MIGLIORITI Ecco qua, Pepita!

SILIA Ah, grazie... Bravo... Lei è il Marchese Miglioriti?

PRIMO SIGNORE UBRIACO Marchesino!

SILIA (al secondo ubriaco) Lei, Memè?

SECONDO SIGNORE UBRIACO No, Cocò... Lui, Memè.

Indica il primo ubriaco.

SILIA Ah, bene.. Cocò... Memé, e lei?

al terzo ubriaco.

TERZO SIGNORE UBRIACO (con melensa aria furbesca) Moi... moi... je ne sais pas, mon petit chou!

SILIA Non importa! Me ne basta uno.

SECONDO SIGNORE UBRIACO Ma vogliamo esser tutti! La vogliamo tutti -

TERZO SIGNORE UBRIACO - una notte spagnuola!

PRIMO SIGNORE UBRIACO Io non ho intenzione... ma vorrei vederti ballare, Pepita... Con le nàcchere, sai?

SECONDO SIGNORE UBRIACO Sì, prima ballare... e poi...

MIGLIORITI Ma non vestita così!

TERZO SIGNORE UBRIACO Ma che vestita, signori! Niente, vestita!

SECONDO SIGNORE UBRIACO (alzandosi e facendosi addosso a Silia) Già!... Sì!... Nuda... Sì... nuda, nuda...

GLI ALTRI (c.s. affollandosi come se volessero denudarla) Nuda! nuda! benissimo! Sì, nuda!

SILIA (schermendosi, divincolandosi) Ma non qua, signori, scusate! Nuda, sì... ma non qua!

TERZO SIGNORE UBRIACO E dove?

SILIA In piazza, se mai, signori!

MIGLIORITI (restando) In piazza?

SECONDO SIGNORE UBRIACO (c.s.) Come, in piazza?

PRIMO SIGNORE UBRIACO (c.s.) Nuda in piazza?

SILIA Ma sì! C'è la luna... Non passa nessuno... C'è solo la statua del re a cavallo... Ecco, là! Tra loro quattro signori in marsina...

Sopravvengono a questo punto con Clara tre signori e due signore dei piani di sotto e di sopra, gridando confusamente.

GLI INQUILINI - Come? - Ma che cos'è? - Chi sono? - Un'aggressione?

CLARA Eccoli! eccoli!

SILIA (mutando improvvisamente tono e atteggiamento) Aggredita! aggredita in casa, signori! Hanno forzato la porta, mi sono saltati addosso, mi hanno strappato, come lor signori vedono, e insultato in tutti i modi, vigliaccamente!

SECONDO INQUILINO (cercando di cacciarli) Via, via!

PRIMO INQUILINO Si scosti!

TERZO INQUILINO Fuori di qui!

PRIMO SIGNORE UBRIACO Si calmi! si calmi!

SECONDO INQUILINO Fuori, fuori!

PRIMA INQUILINA Che mascalzoni!

MIGLIORITI Ma c'è diritto d'entrata!

SECONDO SIGNORE UBRIACO La Spagna è in commercio.

SECONDA INQUILINA Vergogna!

PRIMA INQUILINA Via, via, ubriachi!

TERZO SIGNORE UBRIACO Eh, dopo tutto non c'è da far tanto strepito!

MIGLIORITI La cara Pepita...

SECONDO INQUILINO Ma che Pepita!

PRIMA INQUILINA Che Pepita! È la signora Gala.

TERZO INQUILINO Capite? La signora Gala.

GLI UBRIACHI La signora Gala?

PRIMO INQUILINO Sicuro!

PRIMA INQUILINA Vergogna!

SECONDO SIGNORE UBRIACO E va bene... Domandiamo scusa dello sbaglio.

GLI INQUILINI Fuori, fuori!

PRIMO SIGNORE UBRIACO Doucement, doucement, s'il vous plait!

MIGLIORITI La colpa è di lui che si è messo a cantare la Carmen.

TERZO SIGNORE UBRIACO Volevamo onorare la Spagna.

TERZO INQUILINO Insomma, basta: vadano fuori!

SECONDO SIGNORE UBRIACO No, chiediamo prima perdono alla signora.

PRIMO INQUILINO La finiscano, basta!

MIGLIORITI Sissignori... ecco, sissignori... e voi tutti, ecco qua... in ginocchio... domandiamo perdono...

SILIA (a Miglioriti inginocchiato) Ah no! Non basta, signore! Io ho il suo nome! E lei risponderà dell'oltraggio che è venuto a farmi in casa coi suoi compagni!

MIGLIORITI Se chiediamo perdono...

SILIA Non accetto scuse e non concedo perdono!

MIGLIORITI (alzandosi) E sta bene...

con rammarico:

Lei ci ha il mio biglietto da visita... Sono pronto a rispondere...

SILIA Escano fuori! Via, subito, da casa mia!

I quattro ubriachi, che tuttavia sentono l'obbligo di salutare, son cacciati via dai signori inquilini e accompagnati alla porta da Clara.

SILIA (agli inquilini) Io ringrazio lor signori, e chiedo loro scusa dell'incomodo.

SECONDO INQUILINO Ma che dice mai, signora!

PRIMO INQUILINO Dovere, dovere!

PRIMA INQUILINA Tra vicini!

TERZO INQUILINO Ma che mascalzoni!

PRIMA INQUILINA Non si può essere neanche sicuri in casa propria.

SECONDA INQUILINA Forse. però, la signora... visto che hanno domandato perdono...

SILIA Ah, no, scusi! È stato detto loro e ripetuto ch'erano in casa d'una signora per bene, e non ostante questo... lor signori non sanno che proposte hanno osato farmi.

PRIMO INQUILINO Ma sì. La signora ha ragione!

SECONDO INQUILINO Ha fatto bene! ha fatto bene!

PRIMA E SECONDA INQUILINA Una lezione! una lezione! Povera signora!

25

SILIA So il nome d'uno di questi... gentiluomini; me l'ha dato lui stesso per dimostrarmi che, se era in casa d'una signora per bene, era anche lui un gentiluomo...

TERZO INQUILINO E chi è? chi è?

SILIA Ecco, leggano! Il marchese Miglioriti!

PRIMA INQUILINA Oh! il marchese Miglioriti!

SECONDA INQUILINA Un marchese!

TUTTI Vergogna!

SILIA Lor signori intendono la provocazione?

SECONDA INQUILINA Ma sì, ha ragione! Una lezione!

PRIMA INQUILINA Bisogno che siano svergognati.

TERZO INQUILINO E puniti!

PRIMO INQUILINO Davanti a tutto il paese.

SECONDO INQUILINO Ora però si calmi, signora...

SECONDA INQUILINA Sì, vada a riposare...

PRIMA INQUILINA Noi la lasciamo...

TUTTI A rivederla... A rivederla... Buona notte.

Via.

Scena sesta

Silia, Guido.

SILIA (appena usciti gl'inquilini, tutta accesa, vibrante, guarda il biglietto da visita di Miglioriti, e fa cenno di sì fra sé, ridendo, per significare che ha raggiunto il suo scopo segreto. Intanto Guido picchia forte all'uscio a destra) Eccomi! Eccomi!

Corre ad aprire.

GUIDO (fremente di rabbia, di sdegno) Perché mi hai chiuso dentro? Mi sono mangiate le mani dalla rabbia!

SILIA Ma sì... ma sì... Non ci mancava altro, che tu venissi fuori dalla mia camera a difendermi, a compromettermi e...

Lo guarda con occhi ridenti da pazza.

a compromettere tutto!

Guarda: ce l'ho! È qui!

GUIDO Lo so! Lo conosco bene... Ma che vorresti fare ora?

SILIA L'ho qui, ti dico! Per lui!

GUIDO (guardandola atterrito) Silia...

SILIA (riparandolo) Che? Voglio vedere se non son buona da procurargli... almeno almeno qualche fastidio!

GUIDO (c.s.) Ma sai tu chi è questo signore?

SILIA Il marchese Aldo Miglioriti.

GUIDO Per carità... per carità, levati codesto pensiero dalla mente!

SILIA Io non mi levo nulla! M'ha lasciato qua l'amante che non poteva difendermi? Ci penserà lui!

GUIDO Ah, no, sai! Io te lo impedirò a ogni costo!

SILIA Tu non impedirai niente! Già, non puoi...

GUIDO Oh, vedrai!

SILIA Ce la vedremo domani!

Forte, staccando, imperiosamente:

Oh, senti; basta... Sono stanca.

GUIDO (cupo, minaccioso) Me ne vado.

SILIA (subito, imperiosa) No!

Pausa. - Con altra voce:

Vieni qua...

GUIDO (senza arrendersi, accostandosi) Che vuoi?

SILIA Che voglio... che voglio... Non voglio più vederti così...

Pausa. - Ride tra sé, forte. poi:

Ma sai che, poveri ragazzi, li ho trattati proprio male?

GUIDO Ma sì, scusa: volevo dirti questo appunto, non ne hai ragione.

SILIA (di nuovo recisa, imperiosa, non volendo ammettere discussioni su questo punto) Ah, no! questo, no!

GUIDO Hanno sbagliato... T'hanno chiesto perdono!

SILIA Basta, t'ho detto, su questo punto!

Pausa.

Dico per loro... in sé, poverini... così buffi...

Con un sospiro d'accorata invidia:

Che capricci, di notte, posson venire agli uomini... La luna... Mi volevano veder ballare, sai? in piazza...

Pianissimo o, quasi all'orecchio:

nuda...

GUIDO Silia...

SILIA (reclinando la testa indietro, gli solletica coi capelli il volto) Voglio essere la tua bambina folle.

TELA

ATTO SECONDO

In casa di Leone Gala. Una strana sala da pranzo e da studio. Tavola apparecchiata e scrivania con libri e carte. Scaffali di libri e vetrine con ricche suppellettili da tavola. Uscio in fondo per cui si va nella camera da letto di Leone. Uscio laterale a sinistra, per cui si va nella cucina. La comune a destra.

Scena prima

Leone Gala, Guido Venanzi, Filippo detto Socrate.

Al levarsi della tela, Leone Gala, con berretto da cuoco e grembiule, è intento a sbattere con un mestolino di legno un uovo in una ciotola. Filippo ne sbatte un altro, parato anche lui da cuoco. Guido Venanzi ascolta, seduto.

LEONE (a Guido alludendo a Filippo) Ecco, sì: potrebbe anche essere il mio diavolo...

FILIPPO (burbero, seccato) Il diavolo che vi porti!

LEONE Impreca. E ora non posso più dire...

FILIPPO Ma che volete dire? Statevi zitto!

GUIDO Che siete Socrate, invece.

FILIPPO (a Leone) Con codesto Socrate voi dovete finirla! Perché io non lo conosco!

LEONE Come! Non lo conosci?

FILIPPO Nossignore. E non voglio averci da fare. Badate all'uovo!

LEONE Ci bado, ci bado...

FILIPPO E come lo girate?

LEONE Che cosa?

FILIPPO Il mestolo! il mestolo!

LEONE Eh, per il suo verso, non dubitare!

FILIPPO Avvelenerete codesto signore, a colazione, ve lo dico io, se seguitate a chiacchierare.

GUIDO No, che! Mi diverto tanto!

LEONE Gli faccio un po' di vuoto per aprirgli l'appetito.

FILIPPO Insomma, mi disturbate!

29

LEONE Ah, così dovevi dire!

FILIPPO Sissignore, sissignore... E che fate adesso?

LEONE Che faccio?

FILIPPO Ma seguitate a sbattere, perdio! Non bisogna allentare un momento!

LEONE Ecco, ecco.

FILIPPO È possibile che io debba avere gli occhi a quel che fa, gli orecchi a quel che dice, e la testa che mi vola via dietro a tutte le sciocchezze che gli scappano di bocca? Me ne vado in cucina!

LEONE Ma no, via! Sta' qua. Starò zitto.

> Piano a Venanzi, ma in modo che Filippo lo senta:

Lo ha rovinato Bergson.

FILIPPO Ecco che tira fuori adesso questo Bergson!

LEONE Ma sì, perbacco!

> A Venanzi:

Dacché gli ho esposto la teoria dell'intuizione, è diventato un altro. Era un formidabile ragionatore...

FILIPPO Io non ho ragionato mai, per vostra regola! E ve ne faccio subito la prova, se seguitate! Vi lascio qua tutto, e vi pianto, una volta e per sempre!

LEONE Capisci? E poi non debbo dire che Bergson me l'ha rovinato! Ma Bergson, va bene, posso esser d'accordo con te nella critica che fa della ragione...

FILIPPO E dunque, basta! Sbattete!

LEONE Sbatto, sbatto... Ma stammi a sentire! Quel che di fluido, di vivente, di mobile, di oscuro è nella realtà, sissignori, sfugge alla ragione...

A Venanzi, come tra parentesi:

> Come le sfugge poi, non lo so, per il solo fatto che il signor Bergson può dirlo! Come fa a dirlo? Chi glielo fa dire, se non la ragione? E dunque non le sfugge, mi pare, è vero?

FILIPPO (gridando esasperato) Sbattete!

LEONE E sto sbattendo, non vedi? Sta' a sentire, Venanzi: è un bellissimo giuoco, questo che la ragione fa al signor Bergson, dandogli a credere di esser detronizzata e avvilita da lui, con infinita delizia di tutte le irragionevoli dame di Parigi! Sta' a sentire. Secondo lui, la ragione può considerare soltanto i lati e i caratteri identici e costanti della materia; ha abitudini geometriche, meccaniche; la realtà è un flusso ininterrotto di perpetua novità, e lei la spezzetta in tante particelle stabili e omogenee...

FILIPPO (Che non lo perde un momento di vista, sbattendo sempre nella sua ciotola, pian piano, curvo, gli s'appressa; coglie il punto in cui Leone, infervorandosi, smette un tratto di sbattere, e gli grida) E che fate adesso?

LEONE (con un soprassalto, rimettendosi subito a sbattere) Hai ragione... sì... ecco, sbatto.

FILIPPO Ma non vedete che codesto parlare della ragione non vi serve ad altro che a farvi perdere la testa?

LEONE Oh, senti, se la testa che perdo non deve servirmi ad altro che a sbattere un uovo, caro mio! Abbi pazienza! È necessario, sì, lo riconosco, sbattere le uova; e sono obbediente (ecco qua) a questa necessità che tu m'insegni...

GUIDO (interrompendo) Siete veramente divini tutti e due!

LEONE Nient'affatto! Sono divino io solo! Lui, da un pezzo in qua, corrotto da Bergson...

FILIPPO Vi prego di credere, che a me non mi ha corrotto nessuno!

LEONE Ma sì, caro mio: sei diventato così deplorevolmente umano, che non ti riconosco più! Lasciami un po' discorrere, perdio! Un po' di vuoto, mentre a furia di sbattere ho fatto il pieno in questa ciotola!

Si sente una forte scampanellata alla porta. Filippo posando la ciotola, si reca verso l'uscio a destra per andare ad aprire.

LEONE (posando la ciotola) Aspetta... aspetta... Vieni qua: slacciami prima questo grembiule...

Filippo eseguisce.

E porta in cucina anche questo.

Si leva il berretto e glielo dà.

FILIPPO Gli avete fatto onore, ve lo dico io!

Via per l'uscio a sinistra; lascerà in cucina il berretto e il grembiule di Leone e rientrerà poco dopo (mentre si svolgerà la scena seguente rapidissima, tra Leone e Guido) per prendere e portare in cucina anche le due ciotole con le uova sbattute, dimenticandosi di andare ad aprire.

Scena seconda

Leone Gala, Guido Venanzi, poi, di nuovo, Filippo.

GUIDO (che s'è levato in piedi, fortemente turbato, impacciato, perplesso, alla scampanellata) Hanno... hanno sonato?

LEONE (guardandolo e notandone il turbamento) Sì. Che cos'è?

GUIDO Oh Dio... Leone... sarà lei!

LEONE Silia? qua?

GUIDO Sì, senti, per carità... Ero venuto così per tempo... per prevenirti...

LEONE Di che cosa?

GUIDO D'una cosa che è accaduta jersera -

LEONE - a Silia?

GUIDO Ma niente, sai? una sciocchezza... una vera sciocchezza... Tanto che non te n'ho detto nulla, sperando che... dormendoci sopra, le fosse passata...

Nuova scampanellata, più forte, alla porta.

GUIDO Eccola qua, invece... è lei di sicuro!

LEONE (placido, volgendosi verso l'uscio a sinistra) Socrate, perbacco! e va' ad aprire!

GUIDO Aspetta... aspetta...

a Filippo che entra:

Aspettate!

FILIPPO Me n'ero dimenticato.

GUIDO Aspettate!

A Leone:

Ti prevengo, Leone, che tua moglie vuol commettere una pazzia.

LEONE Non è una novità!

GUIDO E fartela commettere!

LEONE A me? Oh!

A Filippo:

Va' ad aprire, va' ad aprire! Le visite di mia moglie, caro Guido, mi sono sempre per questo graditissime.

Filippo, più che mai irritato, va ad aprire.

GUIDO Ma tu non sai di che si tratta!

LEONE Di qualunque cosa si tratti. Lascia fare. Vedrai.

Rifacendosi all'immagine dell'uovo fresco del primo atto:

32

Lo acchiappo, lo foro, e me lo bevo.

Scena terza

Detti e Silia

SILIA (entrando come una bufera e scorgendo Guido Venanzi) Ah, siete qua? Siete venuto a prevenirlo?

GUIDO No, vi giuro, signora: non ho parlato!

SILIA (squadrando il marito) Vedo che lui sa!

LEONE No, cara: nulla!

Poi, con un tono quasi nuovo, gaio, alieno:

Buon giorno.

SILIA (scrollandosi) Ma che buon giorno!

A Venanzi, fremente:

Se avete fatto questo!

LEONE No, no. Parla, sicura di tutto l'effetto di sorpreso che ti ripromettevi. Non m'ha detto nulla. Anzi, se vuoi uscire, e rifar l'entrata, per investirmi all'improvviso...

SILIA Bada, Leone, che non sono venuta per scherzare!

A Venanzi:

Perché vi trovo qua, allora?

GUIDO Ma... ero venuto...

LEONE Dille la verità. Per prevenirmi, è vero, di non so quale tua follia...

SILIA (saltando) Ah! una mia follia?

GUIDO Sì, signora: per me, io non posso giudicarla altrimenti.

LEONE Ma non me l'ha detta! Non la so!

GUIDO Sperando che voi non veniste -

LEONE - non me ne aveva detto nulla, capisci?

SILIA E come sai allora che è "una mia follia"?

LEONE Ah, questo, potevo supporlo da me! Ma veramente -

GUIDO - sì, questo gliel'ho detto io, che è una follia, e lo confermo!

SILIA (con gran voce, al colmo dell'esasperazione) Statevi zitto, perché nessuno vi dà il diritto di giudicare della mia suscettibilità!

Pausa: poi, volgendosi al marito come se gli sparasse in petto:

Tu sei sfidato!

LEONE Come? Io, sfidato?

GUIDO Ma che sfidato! No!

SILIA Sfidato! Sfidato!

LEONE E chi mi ha sfidato?

GUIDO Ma no...

SILIA Ma sì, sfidato! Non so bene, so lui ha sfidato te, o se tu devi sfidare lui; non m'intendo di queste cose; so che ho qua il biglietto di quel miserabile...

Lo cava dalla borsetta

eccolo qua!

Lo dà a Leone.

Vai subito a vestirti e corri in cerca delle due persone che debbono rappresentarti.

LEONE Piano... piano...

SILIA No. subito! devi far subito! senza dare ascolto a questo signore, che ti vuol far credere a una mia follia, perché così gli conviene!

LEONE Ah, gli conviene?

GUIDO (indignato, fremente) Ma che mi conviene! Scusate, che cosa volete che mi convenga?

SILIA Vi conviene! vi conviene! Per miracolo non lo scusate, là... quel mascalzone....

LEONE (guardando il biglietto) Ma chi è?

GUIDO Il marchese Aldo Miglioriti.

LEONE Tu lo conosci?

GUIDO Lo conosco benissimo! Una delle migliori lame della nostra città, capisci?

SILIA Ah, per questo dunque?

GUIDO (pallido, vibrante) Che, per questo? Che intendete dire?

SILIA (come tra sé, con scherno e sdegno) Per questo... per questo...

LEONE Ma insomma posso sapere che cosa è accaduto? perché sarei sfidato? perché dovrei sfidare?

SILIA (scattando) Perché sono stata insultata, oltraggiata. vigliaccamente, sanguinosamente, capisci? in casa mia, per causa tua... perché sola, senza difesa... insultata, oltraggiata... con le mani addosso, qua... a frugarmi... qua, in petto... capisci?... perché hanno sospettato ch'io fossi... ah!

     Si copre il volto con le mani, e rompe in un pianto stridulo, convulso, d'onta, di rabbia

LEONE Ma come?... da questo marchese?

SILIA Erano in quattro... tu li hai visti!

LEONE Ah! quei quattro signori ch'erano accanto al portone?

SILIA Quelli, quelli, sì; sono saliti, hanno forzato la porta...

GUIDO Ma se erano brilli! se non erano in sensi!

LEONE Ah... come? Tu c'eri?

  A questa domanda, grave di finto stupore, succede una pausa di smarrimento in Silia e in Guido.

GUIDO Sì... ma... non....

SILIA (rinfrancandosi subito, aggressiva) E che volevi, che mi difendesse lui? Doveva difendermi lui? Quando mio marito aveva allora allora voltato le spalle, lasciandomi esposta all'aggressione di quattro giovinastri, che, se lui si fosse fatto avanti -

GUIDO (interrompendo) - io ero di là, capisci? -

SILIA (precisando) - nel salotto da pranzo -

LEONE (placidissimo) - bevevi qualche altro bicchierino?

SILIA (scattando con furia) Ma se me lo dissero, se me lo dissero: "Se ci hai di là qualche signore, fai pure con comodo, sai?". Non ci mancava altro, per finire di compromettermi, che lui si mostrasse! Guai, guai, se lo avesse fatto! Per fortuna, lo comprese!

LEONE Ho capito... ho capito... Ma io sono meravigliato, Silia... no, che dico meravigliato? stupefatto addirittura, che nella tua testolina sia potuto entrare anche questo discernimento, cara!

SILIA (stonata, non comprendendo) Che discernimento?

LEONE Ma che toccava a me di difenderti, perché il marito sono io, e tu la moglie, e lui... uno che, ma sì, Dio liberi, se fosse entrato in quel momento, tra quei quattro avvinazzati - (tanto più che un po' brillo doveva essere anche lui)...

GUIDO Ma che brillo! T'assicuro che io non sono entrato per prudenza.

LEONE E hai fatto benone, caro! Il miracolo è qua, è qua: in questa testolina che ha potuto capire codesta tua prudenza... che tu l'avresti compromessa, se ti fossi mostrato... e non t'ha chiamato in difesa, mentr'era aggredita da quei quattro -

SILIA (subito, quasi infantilmente) - che mi stavano addosso, sai? tutti, con le mani addosso... per strapparmi la veste -

LEONE (a Guido) - capisci? e pensò a me! che toccava a me! È tal miracolo questo, che subito, eccomi qua, subito, subito, sì, sono dispostissimo a fare tutto quel che mi tocca!

SILIA (stupita, pallidissima, quasi non credendo ai suoi orecchi) Ah, benissimo!

GUIDO (subito) Come! Tu accetti?

LEONE (piano, sorridendo) Ma sicuro che accetto! Scusa. Per forza. Non sei coerente!

GUIDO (con stupore) Io?

LEONE Ma sì, tu! tu! Perché la mia accettazione è una conseguenza diretta e precisa della tua prudenza.

SILIA (trionfante) È vero? Mi pare!

Batte le mani.

GUIDO (stordito) Come... scusate... come, della mia prudenza?

LEONE (grave) Rifletti un poco. Se lei è stata così oltraggiata, e tu hai fatto bene a essere così prudente, viene perfettamente di conseguenza che a sfidare debbo essere io!

GUIDO Ma nient'affatto! No! Nient'affatto! Perché la mia prudenza è stata... perché... perché capii che mi sarei trovato di fronte a quattro incoscienti -

SILIA (di nuovo scattando) - non è vero!

GUIDO (a Leone) Tu capisci: nel vino, avevano sbagliato porta; hanno chiesto scusa!

SILIA Non l'ho accettata! Comoda, la scusa, dopo l'oltraggio! Non dovevo accettarla! Ma guarda! come se l'avessero chiesta a lui! Come se avessero insultato e oltraggiato lui, mentre per prudenza si teneva discosto!

LEONE (a Guido) Vedi? Tu ora guasti tutto, mio caro!

SILIA L'oltraggio è stato fatto a me!

LEONE (a Guido) È stato fatto a lei!

A Silia:

E subito tu, è vero? pensasti a tuo marito!

36

A Guido;

Scusami, caro: vedo che, proprio, tu non riesci a rifletter bene.

GUIDO (esasperato, notando la perfidia di Silia) Ma lasciami stare! Che vuoi che rifletta!

LEONE (concedendo, sempre con aria grave) Hai ragione, sì, hai ragione di dire che tu l'avresti compromessa, ma non perché erano ubriachi, intendi? Questa, se mai, potrebbe essere una scusa per me, perché io non li sfidi, perché io non li chiami a rispondere dell'oltraggio fatto a lei...

SILIA (disillusa) Come?

LEONE (subito) Dico se mai, sta' tranquilla!

A Guido:

Ma non può essere una scusa per la tua prudenza, ché anzi, via... se erano ubriachi, potevi benissimo esser meno prudente.

SILIA E già! Verissimo... Con degli ubriachi... un signore che si trovi a visita... Non era ancora mezzanotte!

GUIDO (insorgendo) No, Come? Se voi...

LEONE (precipitosamente, rivolto a Silia) No, no, no, no, scusa! Ha fatto bene, l'hai detto tu stessa! Come anche tu hai fatto bene a pensare a me. Avete fatto benissimo tutt'e due!

GUIDO (tra due fuochi) Ma no... ma io...

LEONE Lascia fare! Son così contento io ch'ella abbia visto per la prima volta un pernio: quello che mi tiene infisso nella mia parte assegnata, di marito! Figùrati se voglio romperglielo! Cara, sì, sì, tuo marito, e tu sei la moglie, e lui... e lui naturalmente sarà il padrino!

GUIDO (scattando) Ah no, sai! Te lo puoi scordare!

LEONE Perché no, scusa?

GUIDO Perché io non accetto!

LEONE Non accetti?

GUIDO No!

LEONE Ma tu devi per forza accettare.

GUIDO Ti dico di scordartelo! Io non accetto.

SILIA (mordace) Sarà per la stessa prudenza...

GUIDO (esasperato) Ma, signora!

LEONE (conciliante) Scusate... scusate, amici miei... Ragioniamo.

37

A Guido:

Guarda: puoi negare che tu presti a tutti in città i tuoi uffici cavallereschi? Ricorrono a te, tutti! Non passa un mese, perdio, che non hai per le mani un duello, padrino di professione! Sarebbe da ridere, via! Che direbbe la gente che ti sa tanto amico mio e così pratico di queste cose, se io, proprio io, mi rivolgessi ad altri?

GUIDO Puoi pure rivolgerti ad altri, perché io non accetto!

LEONE (guardandolo fermamente negli occhi) In questo caso me ne dovresti dire la ragione. E non puoi!

Cambiando tono:

Dico... non puoi averne, via, né davanti a me, né davanti agli altri.

GUIDO Ma come non ne ho, scusa? se per me qui non c'è luogo a duello?

LEONE Questo non devi dirlo tu!

SILIA Io ho costretto quel signore a lasciarmi il suo biglietto da visita; ho gridato avanti a tutti...

LEONE Ah, è accorsa gente?

SILIA Sì, alle mie grida! E hanno detto tutti ch'era bene dar loro una solenne lezione!

LEONE E dunque, vedi? Scandalo pubblico!

A Silia:

Tu hai ragione!

Di nuovo a Guido:

Via, via, inutile discutere, caro!

GUIDO (cambiando, per ingraziarsi Silia di nuovo) Oh, per me, alla fine, se credi, ti porto pure al macello!

SILIA (con scatto, cominciando a pentirsi, vedendosi lasciata sola) Oh, via! Non esageriamo adesso!

GUIDO Al macello, al macello, signora! Lui lo vuole: lo porterò al macello!

LEONE No... veramente, ecco, io non c'entro, lo state volendo voi...

SILIA Ma non ci sarà mica bisogno di fare un duello all'ultimo sangue!

GUIDO Ah no, scusate, signora: qui sta tra due: farlo o non farlo. Se si fa, dev'essere per forza gravissimo!

LEONE Senza dubbio, senza dubbio!

38

SILIA Perché?

GUIDO Ma perché se vado a portar la sfida, per questo solo fatto, vuol dire che non li considero come ubriachi -

LEONE - giustissimo -

GUIDO - e l'insulto fatto a voi assume un'estrema gravità! -

LEONE - perfettamente!

SILIA Ma sta a voi mitigare...

GUIDO Non posso! Come potrei?

LEONE Hai ragione!

A Silia:

Non può!

GUIDO Anche perché se il Miglioriti si vede negata ogni considerazione dello stato in cui si trovava, delle scuse che ha chiesto per lo sbaglio -

LEONE -ma sicuro, sì! -

GUIDO - per ripicco, tu capisci? -

LEONE - naturalissimo! -

GUIDO - vorrà le condizioni più gravi!

LEONE Gli parrà una provocazione... Spadaccino!

GUIDO Pensaci bene, oh! Una delle nostre migliori lame, te l'ho detto. E tu, una spada, non sai neppure com'è fatta!

LEONE Ah no, davvero! Ma ci penserai tu! Che vuoi che m'impicci io di codeste cose?

GUIDO Come ci penserò io?

LEONE Io non ci penso di certo!

GUIDO Ma tu intendi la mia responsabilità?

LEONE Tutta... gravissima... lo so! Ti compiango! Ma tu devi far la tua parte, com'io la mia. Il giuoco è questo. L'ha capito finanche lei! Ciascuno la sua, fino all'ultimo; e stai pur sicuro che dal mio pernio io non mi muovo, avvenga che può. Mi vedo e vi vedo giocare, e mi diverto. Basta.

Il campanello suona di nuovo alla porta. Filippo attraversa la scena, torbido, quasi furente, per andare ad aprire.

39

LEONE (seguitando) Quel che mi preme soltanto è di far presto. Vai, vai. Pensa tu a tutto... Oh, c'è bisogno di denari?

GUIDO No, che denari, adesso!

LEONE Perché m'hanno detto che ce ne vogliono molti.

GUIDO Va bene; poi... poi...

LEONE Faremo i conti poi.

GUIDO Ti va Barelli per testimonio?

LEONE Ma sì, Barelli, o un altro...

Scena quarta

Detti, dottor Spiga.

LEONE (vedendo entrare il dottor Spiga) Vieni, vieni avanti, Spiga.

Guido che s'è avvicinato, pallido, convulso, a Silia:

Oh, a proposito... guarda, Guido, abbiamo qua anche il dottore.

GUIDO Ah, buon giorno, dottore.

LEONE Se tu gli hai fiducia...

GUIDO Ma veramente...

LEONE È bravo, sai? Chirurgo esimio. Per non scomodarlo troppo però, sto pensando,

voltandosi verso Guido che parla con Silia:

oh, stammi a sentire! Noi siamo qua come due romiti nel deserto. Qua sotto ci sono gli orti. Si potrebbe far qua, presto presto, domattina.

GUIDO Si, va bene, lasciami fare, lasciami fare adesso; non mi frastornare!

Saluta Silia.

Caro dottore...

A Leone

A presto. O piuttosto, aspetta. Avrò tanto da fare: ti manderò Barelli. Io verrò stasera. A rivederci.

Via per la comune.

Scena quinta

Detti, meno Venanzi.

SPIGA Di grazia, di che si tratta?

LEONE Vieni, vieni... Ti presento prima alla mia signora...

SPIGA Oh... ma come?

LEONE (a Silia) Il dottor Spiga, mio amico, coinquilino e imperterrito contraddittore!

SPIGA Fortunatissimo, signora... Si tratta, dunque...

Sottintende: "d'una riconciliazione?"

Ah, ma mi congratulo lo stesso, benché forse per me ne dipenderà la perdita d'una cara compagnia, a cui mi ero assuefatto.

LEONE Ma no, che hai capito?

SPIGA Che ti riconcilii con tua moglie.

LEONE Ma no, caro! Noi non siamo mica separati. Viviamo in perfetto accordo, divisi. Non c'è bisogno di riconciliazione.

SPIGA Ah... ma... allora, scusa... Già! per questo dicevo, che c'entrava con la riconciliazione la mia chirurgia?

A questo punto si fa avanti Filippo, detto Socrate, che non riesce più a contenere la furiosa indignazione contro il padrone.

FILIPPO C'entra benissimo, signor dottore! E la sua chirurgia è niente! Tutte le cose più assurde, tutte le cose più pazze possono entrare qua! Ah, ma io me ne vado! me ne vado! io vi pianto!

S'avvia con gesti furiosi verso la cucina.

LEONE (a Spiga) Vai, vai; cerca di placarmelo! Bergson, Bergson, caro mio! Effetto disastroso!

SPIGA (ride, poi spinto da Leone verso l'uscio a sinistra, si volta) Con permesso, signora.

Impuntandosi:

Ma scusa, non vedo ancora come c'entri la mia chirurgia.

LEONE Vai, vai: te lo spiegherà lui.

SPIGA Uhm!

Esce.

Scena sesta

Leone, Silia.

LEONE (va dietro la seggiola su cui Silia sta seduta, assorta; si china a guardarla e le dice con dolcezza) Ebbene? sei rimasta lì... Non dici più nulla?

SILIA (stenta a parlare) Non... non m'immaginavo che... che tu... -

LEONE - che io -?

SILIA - dovessi dire di sì.

LEONE Tu sai bene che io ti ho detto sempre di sì.

SILIA (scattando in piedi, convulsa, in preda ai più scomposti sentimenti, d'irritazione per questa placida, esasperante arrendevolezza del marito, di rimorso per ciò che ha fatto, di dispetto per l'amante che ha prima voluto sottrarsi a ogni responsabilità, e poi, credendo d'assecondar lei, per non perderla, ha passato ogni misura) Non posso soffrirlo! non posso soffrirlo!

È quasi per piangere.

LEONE (fingendo di non comprendere) Come? ch'io ti abbia detto di sì?

SILIA Anche! Ma tutto... tutto questo...

allude a Venanzi,

per colpa tua, se ne debba profittare.

LEONE Per colpa mia?

SILIA Ma sì! ma sì! per colpa tua, di codesta tua imperdonabile, inqualificabile indifferenza!

LEONE (la guarda) Parli di... questa d'ora... o in generale... verso te?

SILIA Di tutta! sì, sempre! Ma di questa d'ora, specialmente!

LEONE Ti pare che se ne sia approfittato?

SILIA E non hai visto all'ultimo? Pareva che non volesse affatto saperne; e poi, vedendoti così remissivo, chi sa che condizioni sarà andato a fare!

LEONE Forse sei un po' ingiusta verso di lui.

SILIA Ma se gli ho detto che cercasse di mitigare, di non esagerare adesso...

LEONE Già, ma prima lo avevi spinto.

SILIA Perché negava.

LEONE È vero. Già. Gli pareva che non ne avessi ragione.

SILIA E tu?

LEONE Io, che cosa?

SILIA Che credi tu?

LEONE E come, non hai visto? Ho detto di sì.

SILIA Ma forse tu credi che io abbia a mia volta esagerato.

LEONE Tu hai detto a lui, e mi pare che abbia detto bene, che è questione di suscettibilità.

SILIA Forse avrò un po' esagerato, ma per causa sua!

LEONE Eh già; perché negava.

SILIA E appunto per questo nella mia esagerazione non doveva poi trovare il pretesto, mi pare, per esagerare anche lui!

LEONE Ma! L'hai un po' punto... Anche per lui, questione di suscettibilità. Avete esagerato un poco tutti e due, ecco.

SILIA (dopo una pausa lo guarda, stupita) E tu, indifferente?

LEONE Permetterai ch'io mi difenda come so e posso.

SILIA Credi che codesta indifferenza ti possa giovare?

LEONE Eh! altro!

SILIA Se è un così bravo spadaccino!

LEONE Per lui, per il signor Guido Venanzi! Per me che vuoi che sia?

SILIA Se non sai neppure tenere in mano una spada.

LEONE Non mi serve. Mi basterà, stai sicura, questa indifferenza, per aver coraggio, non già davanti a un uomo, che è nulla; ma davanti a tutti e sempre. Vivo in tal clima, cara, che posso non curarmi di niente; della morte come della vita. figurati poi del ridicolo degli uomini e dei loro meschini giudizii. Non temere. Ho capito il giuoco.

Scena settima

Detti, il dottor Spiga e la voce di Socrate.

Dall'interno della cucina, a questo punto prorompe

LA VOCE DI SOCRATE Ma andateci nudo!

SPIGA (venendo fuori dall'uscio a sinistra) Ma che nudo! Costui è un energumeno! Scusate... scusi tanto, signora...

LEONE (ridendo) Che cos'è?

SPIGA Ma come? Un duello, davvero? Tu?

LEONE Non ti sembra verosimile?

SPIGA (guarda, impacciato, Silia) Ma... no, dico... scusi, signora... È che io... non so che diavolo m'ha detto quello li... Tu hai mandato a sfidare?

LEONE Sì, sì.

SPIGA Perché hai riconosciuto -

LEONE - che toccava a me, senza dubbio. Hanno insultato mia moglie.

SPIGA Ah, scusi, signora... Non voglio intromettermi...

A Leone.

Ma è che io, capisci? io... io non ho mai assistito a un duello....

LEONE Oh, neanche io. Siamo pari. Vuol dire che assisterai a una cosa nuova.

SPIGA Già, ma... dico per... per le formalità, capisci? Come... come dovrei vestirmi, per esempio?

LEONE (ridendo) Ah, ora capisco! Lo domandavi a Socrate?

SPIGA M'ha detto nudo. Non vorrei far cattiva figura...

LEONE Povero amico mio! Ma non lo so neanche io come si vestano i medici che assistono ai duelli. Lo domanderemo a Venanzi, non temere.

SPIGA E... debbo portare i ferri, è vero?

Rientra in iscena Filippo.

LEONE Certo.

SPIGA È a... a condizioni gravi, mi ha detto.

44

LEONE Pare.

SPIGA Spada?

LEONE Pare.

SPIGA Basterà portar la borsetta?

LEONE Senti: si farà qua sotto, dove sono gli orti. Ti sarà facile portare tutto ciò che ti occorrerà.

SPIGA Ah! bene! Ah, benone! Se si fa qua sotto...

Si sente sonare il campanello alla porta. Filippo va ad aprire.

SILIA Sarà lui? Possibile, così presto?

SPIGA Lui, Venanzi? Ah bravo... Cosi domanderò...

Filippo riattraversa in senso inverso la scena per rientrare in cucina.

LEONE (a Filippo) Chi era?

FILIPPO (forte, asciutto, sgarbato) Non lo so! Un signore con le sciabole. Eccolo!

Rientra in cucina.

Scena ottava

Detti, Barelli.

Barelli entra per l'uscio a destra con due spade involte nella custodia di panno verde sotto il braccio e una scatola ove sono custodite due pistole.

BARELLI Permesso?

LEONE (facendosi all'uscio a destra) Avanti, avanti, Barelli! - Oh! Con tutto questo armamentario?

BARELLI (sbuffante) Ah, senti, caro mio: sono cose da pazzi... da idioti...

A un segno di Leone allusivo alla moglie:

Che cos'è?

LEONE Ti presento alla mia signora.

A Silia:

Barelli, tiratore formidabile.

BARELLI (s'inchina).

LEONE Il dottor Spiga.

SPIGA Felicissimo!

Gli stringe la mano; poi senza lasciargliela, volgendosi a Leone:

Posso...?

LEONE (interrompendo) Aspetta! Poi, poi...

BARELLI Io non ho mai visto una cosa simile! Mi perdoni, signora; ma se non lo dico, io... io ci faccio una malattia, ecco. Ma come? Si dà un mandato tassativo?

LEONE Che vuol dire? Spiègati.

BARELLI Come! L'hai dato, e non lo sai?

LEONE Ma che vuoi che sappia di codeste cose io!

SILIA Un mandato... come?

SPIGA Tassativo! Uhm!

BARELLI Ma vuol dire senza discutere. Senza prima tentare se c'è modo d'accomodar la vertenza... È fuori d'ogni legge, d'ogni regola, proibito severissimamente! Là per là, signori miei, quasi in piedi, si trovano pronti quegli altri due, e in quattro e quattr'otto, per miracolo, non s'arriva al cannone!

SPIGA Al cannone?

SILIA Come sarebbe a dire?

BARELLI Ma sì! Cose da pazzi! Prima alla pistola...

SILIA Alla pistola?

LEONE (a Silia) Ma forse per schivar la spada, capisci? Perché il Miglioriti, certo, con la pistola...

BARELLI Che dici? Quello? Ma quello t'imbrocca un soldo incastrato in un albero, a venti passi!

SILIA E ha proposto lui, il Venanzi, la pistola?

BARELLI Lui! Lui! Ma com'è? impazzito?

SILIA L'ho detto io!

SPIGA Ma... ma come c'entra, scusi, il soldo?

BARELLI Che soldo?

LEONE (a Spiga) Taci, taci, amico mio: non sono cose per noi...

BARELLI Prima scambio di due palle alla pistola, e poi alla spada, e a che condizioni!

SILIA Ah, senti? senti? Poi anche alla spada! Non gli è bastata la pistola! Anche alla spada?

BARELLI Ma no, signora! La spada è stata scelta d'accordo. La pistola è stato un di più; così, come per una gara... per scherzare anche materialmente col fuoco!

SILIA Ma questo è un assassinio!

BARELLI Si, signora. Pare anche a me! Ma mi perdoni: stava proprio a lei d'impedirlo!

SILIA Come? Io? Ma qua c'è lui che può dirlo!

Indica Leone.

LEONE Sì, sì.

SILIA Non ho mica voluto io che s'arrivasse a una cosa così grave.

LEONE (forte, imperioso a Barelli) Oh, basta! Mi sembra inutile, scusa, che tu ti metta adesso a discutere con lei.

BARELLI No... ma perché, tu non sai... c'è tutta la città piena... non si parla d'altro...

SILIA E si dice che io -?

BARELLI - non lei! Lui, il Venanzi, signora!

a Leone:

Tu capisci... non è contro te... tu non c'entri! L'odio, la rabbia di Miglioriti sono contro di lui, di Venanzi. Perché s'è saputo (e qui la signora può dirlo; ma me l'ha confessato lui stesso del resto) s'è saputo, capisci? che lui era là... là... a visita... E non ha impedito! trattenuto forse da... non so... non credo screzii, no, ma gelosie, ecco, di sala d'armi, col Miglioriti. Signori miei, si nasconde; non impedisce; non soffoca lo sconcio scandalo... (perché erano proprio ubriachi) e per giunta, ora va lì a sfidare... Cose... cose incredibili! Io... io per me... non so più dove sono!

SPIGA (a Leone) Senti, caro... potrei...

LEONE (con uno scatto) Abbi pazienza, amico mio!

SPIGA No... dico... poiché si deve far qui vicino...

BARELLI Qua sotto, sì: domattina alle sette. Guarda: ho portato qui due spade...

LEONE (subito, fingendo di non comprendere) Te le devo pagare?

BARELLI Ma no, che pagare! Sono le mie... Voglio insegnarti un po'... farti provare...

LEONE (calmo) A me?

BARELLI E a chi? a me?

LEONE (ridendo) No, no, no, no, grazie. Non ce n'è bisogno!

BARELLI Come non ce n'è bisogno, scusa?

Prende una delle spade.

Scommetto che tu non l'hai mai neppure veduta, una spada... come s'impugna...

SILIA (tremando alla vista dell'arma impugnata) Per carità... per carità...

LEONE (forte) Basta, Barelli. Mi pare che voglia scherzare anche tu, ora.

BARELLI Ma io non scherzo nient'affatto! Bisogna che almeno tu impari a tenerla...

LEONE E io ti dico basta!

Reciso:

Basta! Lo dico a te e a tutti. Lasciatemi tranquillo.

BARELLI Ma sì, è bene... è bene soprattutto che tu stia tranquillo.

LEONE Non dubitare che ci starò; però tutto questo ormai dura da troppo; ho bisogno di respirare un po', ecco. Se tu vuoi scherzare, con quei gingilli là, stasera, quando verrà Venanzi, ci scherzerete un po' tra voi due che siete così bravi, e io starò a vedere. Va bene? Intanto, lasciale lì, e tu... non te n'avere a male, vattene, ti prego.

BARELLI Ah, per me... come vuoi...

LEONE E anche tu, dottore... scusa...

SPIGA Ma figùrati!

LEONE Potrai domandare a lui tutte le informazioni che ti bisognano.

BARELLI (inchinandosi a Silia) Signora...

Silia china appena il capo.

SPIGA Signora gentilissima...

Le stringe la mano. A Leone:

A rivederci allora, eh? Tranquillo... tranquillo...

LEONE Ma sì! Addio.

BARELLI A questa sera, dunque.

LEONE A rivederci.

Barelli e Spiga escono.

Scena nona

Leone, Silia, poi Filippo.

LEONE, Ah, Dio mio, basta, basta. Non ne posso più veramente!

SILIA Me ne vado anch'io...

LEONE No, tu rimani, se vuoi, purché però non mi parli più di questa faccenda.

SILIA Non sarebbe possibile. E poi... non sarei sicura di me, se egli capitasse qui, come può, da un momento all'altro.

LEONE (ride forte, a lungo).

SILIA (irritata fieramente del riso di lui) Non ridere! non ridere!

LEONE Ma rido sinceramente, sai? Perché godo, tu non puoi saper quanto, a vederti così cambiare.

SILIA (quasi per piangere) Ma non ti sembra naturale?

LEONE Sì, e proprio per questo godo: perché sei così naturale!

SILIA (pronta, rabbiosa) Tu no, invece!

LEONE Ah, questo è positivo. Ma guai se fossi!

SILIA Non ti capisco... non ti capisco... non ti capisco...

Dice questo, prima con angoscia quasi rabbiosa, poi con ammirazione, poi con un tono quasi supplice.

LEONE (carezzevole, accostandosi) Non puoi, cara. Ma è meglio così, credi.

Pausa. Poi a bassa voce:

Capisco io.

SILIA (alzando appena lo sguardo su lui, con terrore) Che capisci?

LEONE (calmo) Quello che tu vuoi.

SILIA (c.s.) Che voglio?

LEONE Lo sai... e non lo sai tu stessa, quello che vorresti.

SILIA (c.s. quasi mendicando una scusa) Oh Dio, Leone, io temo d'esser pazza.

49

LEONE Ma no! che pazza!

SILIA Sì, sì... d'aver commesso davvero una pazzia...

LEONE Non temere. Ci sono qua io.

SILIA Ma come farai?

LEONE Come ho sempre fatto, dacché tu me ne facesti vedere la necessità.

SILIA Io?

LEONE Tu.

SILIA Che necessità?

LEONE (pausa, poi, piano) D'ucciderti.

Pausa.

Non credi che più d'una volta tu me ne abbia dato la ragione? Sì, via! Ma era una ragione che partiva armata da un sentimento, prima d'amore, poi di rancore. Bisognava disarmare questi due sentimenti: vuotarsene. E io me ne sono vuotato, per far cadere quella ragione, e lasciarti vivere, non come vuoi, perché non lo sai tu stessa: come puoi, come devi, dato che non t'è possibile fare come me.

SILIA (supplice) Ma come fai tu?

LEONE (dopo una pausa, con gesto vago e triste) M'astraggo.

Pausa.

Credi che non sòrgano impeti di sentimenti anche in me? Ma io non li lascio scatenare; io li afferro, li domo; li inchiodo. Hai visto le belve e il domatore nei serragli? Ma non credere: io, che pure sono il domatore, poi rido di me perché mi vedo come tale in questa parte che mi sono imposta verso i miei sentimenti; e ti giuro che qualche volta ti verrebbe voglia di farmi sbranare da una di queste belve... anche da te, che ora mi guardi così mansueta e pentita... Ma no! perché, credi: è tutto un giuoco. E questo sarebbe l'ultimo e toglierebbe per sempre il gusto di tutti gli altri. No, no... Vai, vai...

SILIA (esitante, quasi offrendosi) Vuoi che... rimanga?

Trema.

LEONE Tu?

SILIA O vuoi che torni stasera, quando tutti se ne saranno andati?

LEONE Ah... no, cara. Tutta la mia forza, allora...

SILIA Ma no, per starti vicina... per assisterti...

50

LEONE Dormirò, cara. Stai pur sicura ch'io dormirò. E al mio solito, sai? senza sogni.

SILIA (con profondo rammarico) Per questo, vedi, non è possibile! Tu non lo crederai; ma a letto, il mio vero amore è il sonno, che mi fa subito sognate!

LEONE Ah, lo credo, lo credo...

SILIA Ma non m'avviene mai! Non dormo! E figùrati questa notte!

Staccando:

Basta, sarò qui domattina.

LEONE Ah no, no! Non voglio, sai: non voglio!

SILIA Vorresti impedirmelo? Tu scherzi!

LEONE Te l'impedisco! Non voglio, ti dico!

SILIA È inutile, sai? Verrò.

LEONE Fa' come vuoi...

A questo punto entra Filippo dall'uscio a sinistra col vassoio della colazione.

FILIPPO (con voce cupa, sgarbata, imperiosa) Oh! è ora.

SILIA (salutando con passione) A domattina.

LEONE (remissivo) A domattina...

Silia via. Leone resta un po' assorto a pensare, poi si volta e s'incammina per sedere a tavola.

TELA

ATTO TERZO

La stessa scena dell'atto precedente. È l'alba del giorno dopo.

52

Scena prima

Filippo, il dottor Spiga.

Al levarsi della tela, la scena é vuota e quasi buja. Si sente sonare il campanello.

FILIPPO (venendo fuori dall'uscio a sinistra e traversando la scena) Chi diavolo sarà a quest'ora? Si comincia bene!

Esce per l'uscio a destra e rientra poco dopo in iscena col dottor Spiga in stiffelius e cappello a stajo, sovraccarico di due grosse, pesanti borse da viaggio. piene d'un intero armamentario chirurgico.

SPIGA Ah, dorme ancora?

FILIPPO Dorme. Parlate piano.

SPIGA Piano piano, sì. Perdio, dorme! E io non ho chiuso occhio tutta la notte!

FILIPPO Per lui?

Indica l'uscio in fondo.

SPIGA Per lui... cioè, per pensare a tutto...

FILIPPO E che avete costì?

Indica le due borse.

SPIGA Tutto, tutto ti dico.

S'avvicina alla tavola su cui é stesa la tovaglia.

Su, su, porta via questa tovaglia...

FILIPPO Che dite?

SPIGA Ci ho qua la mia...

La cava fuori da una delle borse. È una tovaglia chirurgica, di tela cerata bianca.

FILIPPO E che vorreste farne?

SPIGA Preparo tutto qua...

FILIPPO Questa tavola voi non la toccate! L'apparecchio io per la colazione!

SPIGA Ma che colazione! Levati! Altro che colazione!

FILIPPO Vi dico di non toccarla!

SPIGA (volgendosi verso la scrivania) Sgombrami quest'altra. allora!

FILIPPO Voi scherzate! Non capite che queste due tavole qua - parlano?

SPIGA Ma sì, lo so! Non ripetermi quel che dice lui! Due simboli: scrivania e tavola da pranzo; libri e stoviglie; il vuoto e il pieno. Non capisci tu. piuttosto, che tutte codeste diavolerie, da un momento all'altro, possono andare a gambe all'aria?

FILIPPO Oh, insomma, gli avete anche ordinato la cassa da morto? Mi parete un direttore di pompe funebri!

SPIGA Bestia! Dio, che bestia... M'hanno detto che si va vestiti così... Ma guarda un po'! Dio solo sa che notte ho passato...

FILIPPO Parlate piano!

SPIGA (piano) E debbo anche combattere con lui. Sbrigati! Sparecchiami almeno qua quest'altro tavolino. Non ho tempo da perdere...

FILIPPO Ah, per questo non ho difficoltà. Ci vuol poco!

Ne toglie via un portasigari e un vaso di fiori.

Eccolo sgombrato.

SPIGA (vi stende la tovaglia che ha ancora sospesa in mano) Oh, finalmente!

E ora, mentre il dottor Spiga trarrà dalle due borse e disporrà qua sul tavolino, su cui avrà steso la tovaglia, i suoi lucidi, orribili strumenti chirurgici, Filippo, uscendo e rientrando per l'uscio della cucina, apparecchierà la tavola da pranzo.

Bisturi per la disarticolazione... coltelli interossi, pinze... sega ad arco... tenaglie... compressori...

FILIPPO Ma che volete farne, di codesta macelleria?

SPIGA Come che voglio farne? Alla pistola! Non capisci che se, Dio liberi, prende una palla in corpo, possiamo anche trovarci a un caso d'amputazione? Una gamba... un braccio...

FILIPPO Ah, bravo... E perché non avete portato con voi anche la gamba di legno?

SPIGA Caro mio, armi, non si sa mai! Ho portato questi altri strumentini qua... per l'estrazione... Esploratore... specillo di Nélaton... tirapalle a forbice. Oh, guarda, modello inglese, bellissimo! Oh, e gli aghi?

Cerca nella borsa:

Ah, eccoli qua.. Mi pare che ci sia tutto.

Guarda l'orologio.

Sono le sei e venticinque, sai? A momenti i padrini saranno qua.

FILIPPO E che me n'importa?

SPIGA Ma non dico per te. Lo so che a te non te ne importa. Dico per lui. Se non s'è ancora svegliato.

FILIPPO Questa non è l'ora sua.

SPIGA E che vorresti tenerlo in orario anche oggi? Se è puntato per le sette!

FILIPPO Vuol dire che ci penserà lui a svegliarsi, ad alzarsi, a vestirsi... Forse si sarà già alzato.

SPIGA Potresti andare a vedere!

FILIPPO Non vado a vedere un corno! Io sono il suo orologio delle giornate solite, e non mi metto né in anticipazione né in ritardo d'un minuto. Sveglia: alle sette e mezzo!

SPIGA Ma non sai che alle sette e mezzo, oggi, Dio liberi, potrebbe esser morto?

FILIPPO E alle otto gli porto la colazione!

Si sente sonare alla porta.

SPIGA Ecco, vedi? Saranno i padrini.

Filippo va ad aprire e rientra poco dopo con Guido Venanzi e Barelli.

Scena seconda

Spiga, Filippo, Guido, Barelli.

GUIDO (entrando) Oh, caro dottore...

BARELLI (c.s.) Buon giorno, dottore.

SPIGA Buon giorno, buon giorno.

GUIDO Ci siamo?

SPIGA Io per me, prontissimo.

BARELLI (ridendo alla vista di tutto quell'armamentario chirurgico disposto dal dottore sul tavolino) Oh oh oh oh, guarda guarda, Venanzi, l'ha apparecchiato davvero!

GUIDO (irritato) Perdio, no! Non c'è niente da ridere!

54

A Spiga:

L'ha visto?

SPIGA Chi? Scusi... Quod abundat non vitiat...

GUIDO Le domando se Leone ha visto questo bello spettacolo qua.

A Barelli:

Tu capisci che ha bisogno della massima calma, e...

SPIGA Ah, nossignore! Non ha visto ancora niente.

GUIDO E dov'è?

SPIGA Mah... pare che non si sia ancora alzato.

BARELLI Come?

GUIDO Non è ancora alzato?

SPIGA Pare, dico, non so... Qua non s'è fatto vedere.

GUIDO Ma perdio, subito! Sarà alzato, di sicuro. Ci manca appena un quarto d'ora!

A Filippo:

Vai subito a dirgli che noi siamo qua!

BARELLI È magnifico!

GUIDO (a Filippo, rimasto immobile, aggrondato) Non ti muovi?

FILIPPO Alle sette e mezzo.

GUIDO Va' al diavolo!

Si precipita verso l'uscio in fondo.

SPIGA Ma sarà alzato...

BARELLI È magnifico, parola d'onore!

GUIDO (picchia forte all'uscio in fondo e tende l'orecchio) Ma che fa? dorme?

Ripicchia più forte, e chiama:

Leone! Leone!

Ascolta:

Dorme ancora! Signori miei, dorme ancora!

Ripicchia, fa per aprire la porta.

Leone? Leone?

BARELLI Magnifico! Magnifico!

GUIDO Ma che si chiude di dentro?

FILIPPO Col paletto.

BARELLI E ha il sonno così duro?

FILIPPO Durissimo. Due minuti, ogni mattina.

GUIDO Ma perdio, io butto la porta a terra! Leone! Leone! Ah, ecco... s'è svegliato... Signori miei, si sveglia adesso!

Parlando attraverso l'uscio:

Vestiti! subito! Non perdere un minuto! Noi siamo qua! Subito, perdio! Sono già quasi le sette!

BARELLI Ah, sentite, è veramente superiore a ogni immaginazione!

SPIGA E che sonno!

FILIPPO Si tira su, ogni volta, come da un pozzo.

GUIDO Oh, c'è pericolo che ci si rituffi?

Rivà verso l'uscio, in fondo.

BARELLI (sentendo un rumore alla porta) No, ecco: apre.

SPIGA (ponendosi davanti al tavolino con gli strumenti) Io paro qua.

Scena terza

Detti, Leone, poi Silia.

Leone si presenta, placidissimo, ancora un po' insonnolito, in pijama e pantofole.

LEONE Buon giorno.

GUIDO Come! Ancora così? Ma vai subito a vestirti, perdio! Non c'è un minuto da perdere, ti dico!

LEONE, Scusa, perché?

GUIDO Come perché?

BARELLI Non ricordi più che hai da fare il duello?

LEONE Io?

SPIGA Dorme ancora!

GUIDO Il duello! Il duello! alle sette!

BARELLI Ci mancano appena dieci minuti!

LEONE Ho capito. Ho inteso. E vi prego di credere che sono sveglissimo.

GUIDO (al colmo dello stupore, quasi atterrito) Come!

BARELLI (c.s.) Che vuoi dire?

LEONE (placidissimo) Ma io lo domando a voi.

SPIGA (quasi tra sé) Che sia impazzito?

LEONE No, caro dottore, compos mei, perfettamente.

GUIDO Tu devi batterti!

LEONE Anche?

BARELLI Come, anche?

LEONE Ma no, amici miei! Voi siete in errore!

GUIDO Vorresti tirarti indietro?

BARELLI Non vuoi più batterti?

LEONE Io? tirarmi indietro? Ma tu sai bene ch'io sto sempre fermissimo al mio posto.

GUIDO Ti trovo così...

BARELLI E se dici...

LEONE Come mi trovi? Che dico? Dico che tu e mia moglie mi avete scombussolato jeri tutta la giornata, per farmi fare ciò che realmente ho riconosciuto che toccava a me di fare.

GUIDO E dunque -

BARELLI - ti batti!

LEONE Questo non tocca a me.

BARELLI E a chi tocca?

LEONE A lui.

Indica Guido.

BARELLI Come, a lui?

LEONE A lui, a lui.

S'appressa a Guido, rimasto allibito, con le mani sul volto, e gliene stacca una per guardarlo negli occhi.

E tu lo sai!

A Barelli:

Egli lo sa! Io, marito, ho sfidato, perché non poteva lui per mia moglie. Ma quanto a battermi, no. Quanto a battermi, scusa,

a Guido, piano, scrollandogli un'ala del bavero e pigiando su ogni parola:

tu lo sai bene, è vero? che io non c'entro, perché via, non mi batto io, ti batti tu!

GUIDO (trema, suda freddo, si passa le mani convulse sulle tempie).

BARELLI Questo è enorme!

LEONE No, normalissimo, caro; perfettamente secondo il giuoco delle parti. Io, la mia: lui, la sua. Dal mio pernio io non mi muovo. E come me ragiona anche il suo avversario: lo hai detto tu stesso, Barelli, che ce l'ha con lui difatti, il suo avversario, non ce l'ha mica con me. Perché tutti lo sanno, e tu meglio di tutti, che cosa si voleva fare di me. Ah, volevate davvero portarmi al macello?

GUIDO (protestando con forza) Io, no! io, no!

LEONE Ma va' là, che tra te e mia moglie qua, jeri, pareva che faceste all'altalena, e su, e giù, e io nel mezzo ad aggiustarmi e ad aggiustarvi a punto. Ah! avete creduto di giocarvi me, la mia vita? Avete fallito il colpo, cari miei! Io ho giocato voi.

GUIDO No! Tu mi sei testimonio che io, jeri... e fin da principio...

LEONE Ah, sì, tu hai cercato di essere prudente. Molto prudente.

GUIDO Come lo dici? Che intendi dire?

LEONE Eh, caro; ma prudente fino all'ultimo, no, non sei stato, devi riconoscerlo! A un certo punto, per ragioni che io intendo benissimo, bada (e ti compiango!), la prudenza è venuta a mancarti, e ora, mi dispiace, ne piangerai le conseguenze.

GUIDO Perché tu non ti batti?

LEONE Non tocca a me.

GUIDO Sta bene! Tocca a me?

BARELLI (insorgendo) Ma come, sta bene?

GUIDO (a Barelli) Sta bene! Aspetta!

A Leone

E tu?

LEONE Io farò colazione.

GUIDO No, dico... non capisci che se io ora vado a prendere il tuo posto...

LEONE Ma no, caro: non il mio: il tuo!

GUIDO Il mio, sta bene. Ma tu sarai squalificato!

BARELLI Squalificato! Dovremo per forza squalificarti!

LEONE (ride forte) Ah! ah! ah! ah!

BARELLI Ridi? Squalificato! Squalificato!

LEONE Ma ho inteso, cari miei! Rido. E non vedete come vivo? Dove vivo? E che volete che m'importi di tutte le vostre... qualità?

GUIDO Non perdiamo più tempo, via! Andiamo! andiamo!

BARELLI Ma vai a batterti tu, davvero?

GUIDO Io, sì! Non hai inteso?

BARELLI Ma no!

LEONE Sì, credi, tocca a lui, Barelli.

BARELLI Questo è cinismo!

LEONE No, caro: è la ragione, quando uno s'è votato d'ogni passione, e...

GUIDO (interrompendo e afferrando Barelli per un braccio) Vieni, Barelli! Inutile discutere, ormai! Lei, dottore, venga giù con me!

SPIGA Eccomi, eccomi!

Entra a questo punto dall'uscio a destra Silia Gala. Si fa un breve silenzio, nel quale ella resta come sospesa e smarrita.

GUIDO (facendosi avanti pallidissimo e stringendole la mano) Addio, signora!

Poi, volgendosi a Leone:

Addio!

Scena quarta

Leone, Silia, poi il dottor Spiga, Filippo.

SILIA Che significa?

LEONE Ti avevo detto, cara, ch'era proprio inutile che tu venissi qua. Sei voluta venire...

SILIA Ma tu... come sei qua tu?

LEONE Sono a casa mia.

SILIA E lui? Ma come? Non si farà il duello?

LEONE Ah, si farà, suppongo. Forse si sta facendo.

SILIA Ma come? Se tu sei qua?....

LEONE Ah, io sì, sono qua. Ma lui, hai visto? é andato.

SILIA Oh Dio! Ma allora? È andato lui? E andato lui a battersi per te?

LEONE Non per me, cara, per te!

SILIA Per me? Oh Dio! Per me, dici? Ah! Tu hai fatto questo? Tu hai fatto questo?

LEONE (venendole sopra con l'aria e l'impero e lo sdegno di fierissimo giudice) Io, ho fatto questo? Tu hai l'impudenza di dirmi che l'ho fatto io?

SILIA Ma tu te ne sei approfittato!

LEONE (a gran voce) Io vi ho puniti!

SILIA (quasi mordendolo) Svergognandoti però!

LEONE (che l'ha presa per un braccio, respingendola lontano) Ma se la mia vergogna sei tu!

SILIA (farneticando, andando di qua e di là per la stanza) Oh Dio! intanto... Ah Dio, che cosa... È orribile... Si batte qua sotto? A quelle condizioni... E le ha volute lui!... Ah, è perfetto!... E lui,

indica il marito

gli dava ragione... Sfido! Non ci si doveva battere lui... Tu sei il demonio! Dov'è andato a battersi? dov'è andato a battersi? Qua sotto?

Cerca una finestra.

LEONE Sai, è inutile: non ci sono finestre che dànno sugli orti. O scendi giù, o te ne sali sui tetti...

da questa parte...

Indica di su l'uscio comune.

A questo punto sopravviene pallido come un morto e tutto stravolto il dottor Spiga, entra a precipizio con grottesca scompostezza; si avventa su i suoi strumenti chirurgici preparati sul tavolino; li arrotola in gran furia dentro la tovaglia stesa, e scappa via a gambe levate, senza dir nulla.

SILIA Ah. dottore... lei?... Dica... dica... che è stato?

Con un gran grido:

Ah!

Non credendo a se stessa:

Morto?

Gli corre appresso:

Morto?... Morto?...

LEONE (resta assorto in una cupa gravità, e non si muove. Lunga pausa).

FILIPPO (entra dall'uscio a sinistra col vassojo della colazione e va a deporlo su la tavola apparecchiata. Poi, nel silenzio tragico, lo chiama con voce cupa) Oh!

Come Leone si volta appena, gl'indica con un gesto incerto la colazione:

È ora.

Leone, Come se non udisse, non si muove.

TELA